D0834856

Los intereses creados

Letras Hispánicas

Jacinto Benavente

Los intereses creados

Edición
de

Fernando Lázaro Carreter

Segunda edición

EDICIONES CÁTEDRA, S. A. Madrid

© Ediciones Cátedra, S. A., 1976
Cid, 4. Madrid - 1
Depósito Legal: M-9416-1976
ISBN: 84-376-0027-8
Printed in Spain
Impreso en: Gráficas Ruimor
Plaza María Pignatelli, 2
Papel: Torras Hostench, S. A.

Índice

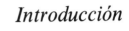

Introducción

Vida de Jacinto Benavente

Primeros años

«En Madrid, a 12 de agosto de 1866, entre domingo y lunes, esto es, de once y media a doce de la noche, me entré por el mundo, el menor de tres hermanos, varones los tres, nueve años mayor que yo el primogénito, y ocho el segundo.» Con estas palabras inicia Jacinto Benavente sus memorias, que, por desgracia, se interrumpen en los umbrales de nuestro siglo[1]. Las noticias que da del ambiente familiar (y teatral) en que transcurren su niñez y mocedad poseen evidente interés (menor, sin embargo, del que cabría esperar). Fueron sus padres el entonces famoso médico don Mariano Benavente (que unió a su celebridad de médico general la que le dio el ser «el médico de los niños», esto es, uno de los primeros pediatras que hubo en España) y doña Venancia Martínez. Fue bautizado en la parroquia de San Sebastián.

En este medio, acomodado y cordial, transcurrió su infancia. Manifestó tempranas aficiones a la lectura. Estudió primeras letras en el Colegio de San José, y el bachillerato, en el Instituto de San Isidro.

---

[1] Debían llevar el título de *Recuerdos y olvidos;* cfr. sus *Obras completas,* ed. Aguilar, vol. XI, Madrid, 1958, pág. 498.

A los dieciséis años comenzó la carrera de Leyes, en la Universidad de Madrid; pero no puso en ello demasiado entusiasmo. Su vocación era ya el teatro: lee y hasta compone obritas que representa con títeres que él mismo construye.

En 1885 muere el doctor Benavente, y su hijo Jacinto decide interrumpir los estudios; se transforma en un señorito, concurrente habitual de los salones aristocráticos y de los cafés bohemios, nocherniego y viajero. Su figura atildada, su elegancia mental y su ingenio se hacen notar pronto en las tertulias madrileñas. Conoce, además, de primera mano, la literatura extranjera, cosa nada habitual entonces. Y goza del prestigio que confieren la fortuna y el abolengo familiar. Ha compuesto ya su «caracterización» personal: tupé, bigotes de amplias guías (cosas ambas que irán reduciendo el tiempo y la moda), barbita puntiaguda y habano perpetuamente entre los dedos.

A los veinticuatro o veinticinco años, quizá un amor: la *Bella Géraldine*, trapecista inglesa, le inspira versos, lo saca de sus casillas, y con ella y el circo recorre diversas provincias. Parece que, por entonces, el futuro autor había trabajado como actor en una compañía teatral. Y que formó una propia, en la que figuraba Géraldine. Benavente, sin embargo, negó siempre que entre él y la bella hubieran existido relaciones amorosas; confesó, incluso, que jamás se había enamorado. Recordando a Géraldine, aseguraba: «Aquella mujer no era capaz de sentir más pasión que la de su belleza... Era insensible como un plomo. Ni frívola siquiera»[2]. Muchos años después, en 1922, volvió a encontrarla en América; allí murió,

---

[2] *Apud* Ismael Sánchez Estevan, *Jacinto Benavente y su teatro*, Barcelona, Ariel, 1954, págs. 38-39.

arruinada, aquella extraña musa de nuestro autor, en 1928.

Autor dramático

Su vocación de autor dramático estaba decidida; tras intentar abundantes veces el codiciado primer estreno, logra, por fin, que el famoso actor Emilio Mario le acepte una comedia, *El nido ajeno*, que es estrenada el 6 de octubre de 1894. La obra fracasó porque el público y la crítica fueron ciegos para comprender sus importantes novedades. El cronista de *El Liberal*, por ejemplo, escribía: «*El nido ajeno* no aporta a la escena nada de lo que esta exige para su regeneración»; y el de *La Correspondencia de España:* «... la atención se ve casi siempre dominada por una languidez invencible, y por la monotonía de una situación que es la misma desde el principio hasta el fin»[3]. Sólo José Martínez Ruiz, el luego famoso «Azorín», sabrá valorar, desde las páginas de la revista *Alma española*, el mérito incuestionable de las comedias que constituyen la primera fase de Benavente.

Traba amistad por entonces con los grandes escritores que constituirán la llamada «generación del 98», cuyos ideales comparte en gran medida. Sin embargo, se abstuvo de firmar la protesta que, en 1905, y contra Echegaray, suscribieron los jóvenes escritores del momento («Azorín», Unamuno, Rubén Darío, Maeztu, Manuel y Antonio Machado, Grau, E. de Mesa, Valle-Inclán, Baroja, etc.), repudiando, en la persona del ingeniero-escritor, a cuantos «en la literatura, en el arte, en la política, representan una España pasada, muerta, corroída por los prejuicios y por

[3] *Apud* Angel Lázaro, *Jacinto Benavente*, París, Agencia Mundial de Librería, 1925, págs. 65-66.

las supercherías, salteada por caciques, explotada por una burocracia concusionaria, embaucada por falsas reputaciones literarias, traída y llevada falazmente· de un lado a otro con artículos de periódico» [4]. Aparte otras razones para justificar esta inhibición, y a las que luego aludiremos, hay una muy importante: una mínima delicadeza le impide atacar tan rudamente a quien, al fin y al cabo, es su colega en el arte dramático. Porque Benavente, tras su primera y fallida intentona, ha ido afirmando su pujante personalidad con obras como *Gente conocida*, *El marido de la Téllez*, *La comida de las fieras*, *Lo cursi*, *La gobernadora* y, sobre todo, *La noche del sábado* (1903) y *Rosas de otoño* (1905).

Su vida es tranquila, de escaso relieve, con el orden desordenado de las gentes de teatro: se despierta tarde, lee y escribe en la cama, asiste a ensayos, visita a actores y a actrices en sus camerinos, y se refugia en tertulias literarias. Una de estas tenía lugar en el Café Madrid, y asistían a ella Valle-Inclán, Rubén Darío, Martínez Sierra, Ricardo Baroja y otros ingenios. Después se peleó con Valle, y formó peña aparte, en la Cervecería Inglesa, de la Carrera de San Jerónimo. «El autor teatral comprendió que había vendido un poco —tres cuartos— su alma al diablo y ya forma tertulia aparte de aquellos literatos puros que desprecian el éxito y sólo aman lo problemático», ha comentado Gómez de la Serna, que no perdonó a Benavente, desde su pureza literaria, esta cesión de su talento a un arte que es, además, negocio [5].

---

[4] Cfr. Luis S. Granjel, *Panorama de la Generación del 98*, Madrid, Guadarrama, 1959, págs. 113 y 403.

[5] *Nuevos retratos contemporáneos*, Buenos Aires, Editorial Sudamericana, 1945, pág. 93. Sin embargo, como tantos otros, contrapesa sus reservas, crueles a veces, con concesiones al talento

El triunfo

El estreno de *La noche del sábado* (1903) marca el comienzo de su apogeo como autor y de la rendida admiración del público, que se somete entusiasmado a sus fórmulas dramáticas. Se le tributan homenajes públicos, recorre en triunfo Hispanoamérica (1906) con la compañía Guerrero-Mendoza, y alcanza la consagración de genio nacional, en la estima multitudinaria, con el estreno de una serie de obras memorables: *Los intereses creados* (1907), *Señora Ama* (1908), *La malquerida* (1913), *La ciudad alegre y confiada* (1916)... El público lo saca del teatro materialmente en hombros, algunas noches de estreno. Y no es sólo el público quien lo honra: la Real Academia Española lo llama para suceder a Menéndez Pelayo (1912) en su sillón de académico[6]; y logra la aquiescencia de críticos tan difíciles como Unamuno[7] y Ortega y Gasset[8].

---

del autor: «Don Jacinto, es decir, un flordelisado pirrimplimplín que pasaba raudo por los escenarios, que era ágil en sus saltitos, que frente al teatro malo y completamente deleznable y chabacano de antes de él, componía un teatro inteligente y desenvuelto», *ibíd.*, págs. 96-97.

[6] El hecho produjo reacciones muy diversas. No faltaron quienes acusaron de ligereza a la Academia por nombrar sucesor de don Marcelino, que había sido el pilar de la tradición española, a un escritor cáustico, incisivo, europeizante, con sus puntas y ribetes de impío. Nunca tomó posesión de su sillón; en 1946 fue nombrado Académico de Honor.

[7] «Soy uno de los que creen que nuestro Benavente no tiene hoy quien le supere como autor dramático; que su obra vale tanto, por lo menos, como la de Sudermann o Hauptmann, y, sin embargo, Benavente no goza en Europa del crédito de que gozan Hauptmann o Sudermann, ni es traducido como estos, y ello se debe ante todo a que España no puede poner detrás de *Los intereses creados,* de Benavente, los cañones y los acorazados que Alemania pone detrás de *La campana sumergida,* de Hauptmann» (1910), en *Obras completas,* IV, A. Aguado, Madrid, 1958, pág. 675.

[8] «Hoy, por ejemplo, es imposible que una labor de alta literatura

Al sobrevenir la guerra europea (1914-18), Benavente comete un error táctico: manifiesta que su simpatía está del lado de Alemania, lo cual·le enajena, definitivamente en muchos casos, la de incontables intelectuales que habían tomado partido por los aliados. La gloria popular y las ganancias que se le presumen empiezan, además, a hacerlo intolerable.

En 1918 es elegido diputado a Cortes por Madrid, afecto al partido de Maura. Su labor como diputado fue nula.

Premio Nobel

Su carrera triunfal continúa; es cierto que no todas sus obras son igualmente aplaudidas, pero el prestigio de que goza entre su público le permite sortear con fortuna esporádicos fracasos, duras arremetidas de la crítica periodística y desdenes de otros escritores famosos o que aspiran a serlo. Entre sus más agudos detractores figura el gran novelista y ensayista Ramón Pérez de Ayala; lo defiende, en cambio, con entusiasmo, un poeta ilustre, Manuel Machado, desde las columnas de *El Liberal*.

En 1922 muere su madre, por la que sentía veneración. Benavente decidido a no escribir más para el teatro, en vista de la creciente hostilidad que lo rodea por parte de críticos y escritores, marcha a América como director artístico de la compañía de Lola Membrives. Una noche, mientras esperan un empalme de trenes, en una pequeña estación, en la frontera entre Chile y Argentina, llega la noticia de que la Academia Sueca ha concedido a nuestro autor el Premio Nobel de Literatura, correspondiente a 1922.

---

logre reunir público suficiente para sustentarse. Sólo el señor Benavente ha conseguido hacer algo discreto» (1908), en *Obras completas*, I, Madrid, Revista de Occidente, 3.ª ed., 1953, pág. 106.

Viaja después por Estados Unidos, pronuncia conferencias, y es nombrado hijo adoptivo de Nueva York. A su regreso a España (25 julio 1923) se suceden los homenajes con que el país celebra su triunfo. El rey le impone la Gran Cruz de Alfonso XIII; y abandona su propósito de no estrenar más obras teatrales.

Visitó después Egipto, Tierra Santa y el Oriente Medio. En 1929 pasa varios meses en Rusia. Su postura política resulta sumamente equívoca; da pasos hacia la izquierda, pero otras veces sus actitudes parecen reaccionarias. No está dispuesto, como tantos espíritus superiores, a dejarse encasillar; y esto, en un medio tan virulentamente politizado como es el nuestro de aquellos años, resulta imperdonable. En 1932 estrena *Santa Rusia*, que promueve viva indignación en un sector de opinión; en 1935 irrita al otro con un discurso antirrepublicano, en Málaga.

Últimos años

La guerra civil española le sorprende en Barcelona. Se le respeta, continúa sus actividades teatrales, en Valencia, principalmente, y, como era natural, se le piden opiniones, declaraciones y *slogans* para la propaganda bélica. Benavente —se ha dicho que víctima del terror— proclama incesantemente su amor al pueblo y su odio al fascismo. Al entrar las tropas del general Aranda en Valencia, el 29 de marzo de 1939, se asoma con él al balcón del Ayuntamiento y, riendo y llorando, vitorea a España.

Reanuda en la posguerra sus estrenos, con alternante fortuna y escasa brillantez; recibe nuevas condecoraciones y es ya una «gloria nacional» un tanto desfasada. En 1945 marcha a Buenos Aires, donde pronuncia conferencias sobre arte y política. Su regreso a España es triunfal. En 1950 recibe la Medalla de Oro al Trabajo. Su ancianidad transcurre apacible, sin accidentes memorables. Los jóvenes se han desentendido de él casi por completo, y el número de sus devotos decrece incesantemente. Son, en realidad, penosos estos años en que el maestro se sobrevive y en los que, sin embargo, alumbra aún algunos frutos agudos de su ingenio. La muerte le sobrevino el 14 de julio de 1954. Sus restos recibieron sepultura, al día siguiente, en el cementerio de Galapagar.

Su obra

Fecundidad

La primera cualidad que asombra en Benavente es su fecundidad: escribió más de 160 obras teatrales, a las que deben sumarse otras de distinta naturaleza: *Versos* (1893), *Cartas de mujeres* (1893, 1901-02), comentarios de actualidad que recogió en libros titulados *De sobremesa* (1910-16), discursos, conferencias, crónicas... Tradujo, además, *El rey Lear*, de Shakespeare, y el *Don Juan*, de Molière, entre otras obras dramáticas de menor entidad.

Clasificación de su teatro

Admitiendo que la clasificación de las obras de cualquier autor es un simple expediente didáctico, al que no debe concedérsele más trascendencia, podemos adoptar las divisiones que del teatro benaventino hizo Eduardo Juliá[9]. Apoyándose en los términos acuñados por Torres Naharro, establece la siguiente clasificación:

---

[9] «El teatro de Jacinto Benavente», *Cuadernos de Literatura Contemporánea*, Madrid, CSIC, 1944, pág. 169.

Comedias *a noticia*...	*a)* de costumbres rurales *(La malquerida)*.
	clase popular. *(Todos somos unos)*.
	b) de sátira social... clase media *(Lo cursi)*. aristocracia *(La gata de Angora)*.
	c) de caracteres *(El nido ajeno)*.
	d) bocetos o humorismos *(Sin querer)*.
Comedias *a fantasía*.	*a)* teatro infantil *(Y va de cuento...)*.
	b) teatro humorístico *(El susto de la condesa)*.
	c) teatro simbólico *(La noche del sábado)*.
	d) teatro psicológico *(Nieve en mayo)*.
	e) teatro patriótico *(La ciudad alegre y confiada)*.
	f) «commedia dell'arte» *(Los intereses creados)*.

La única ventaja de una clasificación de este tipo consiste en que comunica intuitivamente la variedad de temas, actitudes e intereses que atrajeron al dramaturgo. Pero tiene el grave inconveniente de que establece falsos compartimentos: lo satírico, lo costumbrista, lo humorístico, lo psicológico son en Benavente categorías trasversales, y pueden hallarse, simultáneamente realizadas, en casi todas sus obras.

Algún día habrá que acometer un estudio cronológico de nuestro autor, analizando el origen de sus elementos estructurales, su función en el drama, su desarrollo y su evolución...; y, a la vez, las circunstancias sociales, políticas y estéticas que, a lo largo de sesenta años de labor creadora, fueron estimulando y configurando su problemática teatral. Por desgracia, la obra de quien un día aún cercano fue la máxima gloria literaria de España no ha suscitado todavía una crítica digna de tal nombre. Se hace apología a propósito de él, o reportaje, o se le somete a proceso desde supuestos confesionales y políticos. Está en esa zona indecisa en que, sin ser actual, no se ha convertido aún en pasto apetecible para eruditos y críticos solventes.

El teatro español, al aparecer Benavente

El monarca absoluto de la escena española, al surgir Benavente, es el ingeniero de Caminos y Premio Nobel de Literatura José Echegaray (1832-1916). Sus obras teatrales, muy influidas por lo más aparatoso y superficial de Ibsen —entre las que destacan *O locura o santidad* (1877), *El gran galeoto* (1881), *Mancha que limpia* (1895), *A fuerza de arrastrarse* (1905), etc.—, son las de un matemático que planea el drama como un problema de efecto. Parte siempre de la situación final, patética, exasperada, y luego inventa los precedentes que conducen a él, de ordinario extraños y anormales. Se trata de que el espectador se sienta sacudido múltiples veces por emociones violentas, aunque las situaciones no se justifiquen. Muchas de sus obras giran en torno a misteriosas cartas que narran horribles secretos. Y no pocas acaban en suicidio. Su tema preferido es el honor ultrajado y su venganza. Sus personajes suelen ser psicópatas, hiperestésicos y hasta degenerados, con lo que rinde tributo al naturalismo. Y los diálogos han de ser declamados a grito pelado, con muchas exclamaciones y patéticos lamentos. Todo oratorio, alucinante. Sus obras resultan una extraña combinación de positivismo moral y de romanticismo huracanado.

En un clima igualmente exaltado, siempre dentro de las pautas marcadas por Echegaray, escriben otros autores de menor entidad, aunque muy famosos en su época, como Eugenio Sellés (1844-1926), Leopoldo Cano (1844-1934), Pedro Novo y Colson

(1846-1931) y José Felíu y Codina (1847-97). Frente a ellos, aunque con técnica y alardes semejantes, Joaquín Dicenta (1863-1917) cultiva una línea aislada que queda interrumpida en él hasta hoy: la del «teatro social», esto es, el enfrentamiento entre las clases populares, de un lado, y de las acomodadas, de otro, si bien en el planteamiento de sus obras intervienen conflictos de honor, con los caracteres tradicionales que había reanimado —¡y en qué medida!— Echegaray.

Aunque dentro de la órbita echegarayesca, muestra una singular independencia el dramaturgo valenciano Enrique Gaspar (1842-1902); sus temas son, en general, menos encrespados; sus caracteres, mejor observados, y su diálogo, normalmente en prosa, más llano y natural. Se trata de un claro precursor de Benavente, pero no sabemos en qué medida; su influjo sobre el autor madrileño, solamente apuntado hasta ahora[10], merece mayor esclarecimiento.

Por fin, y sobre todas, destaca la figura de don Benito Pérez Galdós (1843-1920), el cual ha emprendido una labor teatral llena de preocupación moral, de ahondamiento en el alma española, que, por lo dilacerante, suele resultar intolerable para una sociedad que no concibe la escena como espejo y acicate moral, sino como mera distracción. Galdós, aplaudido incondicionalmente por el público liberal y por los intelectuales, gozó igualmente de la estima de Benavente; está también por estudiar el influjo que, especialmente con sus novelas, ejerció sobre él el inmortal escritor canario[11].

_____

[10] Cfr. Daniel Poyán, *Enrique Gaspar*, Madrid, Gredos, 2 vols., 1957; I, págs. 149, 259, 280, 327; II, 13, 72, 82, 83.

[11] «En sus novelas —confiesa Benavente— aprendí a escribir comedias antes que en modelos extranjeros por los que se me ha juzgado influido», en *Obras completas*, VII, 1953, pág. 944. Y, en otro lugar, afirma: «Pérez Galdós, en mi opinión nuestro primer autor dramático, no acaba de serlo en opinión de todos»,

Se ha convertido en tópico la afirmación de que Benavente irrumpe en nuestro teatro con un gesto antiechegarayesco. Y vistas las cosas por su haz más superficial, nada hay tan verdadero.

Comparemos, a modo de ejemplo, los argumentos de dos de sus respectivas obras, que no dejan de tener entre sí alguna relación temática, para observarlo intuitivamente.

EL GRAN GALEOTO (Echegaray, 1881). — *Don Julián, casado con la bellísima Teodora, bastante más joven que él, protege a un muchacho inteligente y bondadoso, Ernesto, que vive con ellos. Don Severo, hermano de don Julián, comunica a este las murmuraciones que atribuyen un mutuo amor pecaminoso a Teodora y Ernesto, el cual, para evitar la maledicencia, y comprendiendo los celos de su protector, marcha a vivir a otra casa. La calumnia ha ido tan lejos, que Ernesto se dispone a batirse con un vizconde que la mantiene y propaga. Pero, antes que él, se bate don Julián, que es herido y conducido a casa de Ernesto, donde encuentra a Teodora, la cual había ido allí para rogar a su joven amigo que no acudiera al duelo. Don Julián, ya en su casa, se levanta de la cama y sorprende a su esposa y al muchacho hablando. Imaginando lo peor, abofetea a Ernesto, y, al ser trasladado al lecho, muere. Don Severo, que cree ciegamente en la culpabilidad de Teodora, la arroja de aquella honrada casa. Pero Ernesto, ya que el mundo se la entrega con sus sospechas, recoge a la joven y se la lleva.*

ibíd., pág. 506. El valor de esta declaración es tanto mayor si se tiene en cuenta que, quien la hace, es ya, en opinión de todos los públicos, el «primer autor dramático». Sin poner en duda su sinceridad, debe tenerse en cuenta, sin embargo, lo que esta declaración podía tener de *captatio benevolentiae*, pensada en función de cuantos veían en él un autor de moda, entregado a su clientela, y ensalzaban, en cambio, la honradez insobornable de Galdós.

EL NIDO AJENO (Benavente, 1894).—*José Luis está casado con María, que lo ama entrañablemente, aunque le hace sufrir el carácter seco y desabrido de su esposo. Manuel, hermano de José Luis, y que es su antítesis en punto a carácter, vuelve de América, rico, a buscar algún descanso en «el nido ajeno», es decir, en el hogar fraterno. Entre los hermanos resurge una antigua incompatibilidad. José Luis cree, además, equivocadamente, que Manuel es hijo adulterino. Y aumentan su inquietud las sospechas que siente, estimuladas por el rumor, de que María y su hermano se han enamorado mutuamente. Al fin, todo se aclara; sus celos eran infundados, por cuanto María y su cuñado son fundamentalmente honestos. Los hermanos se reconcilian, pero Manuel se marcha, «hasta que seamos muy viejos y no quepan desconfianzas ni recelos entre nosotros».*

La simple lectura de estos argumentos demuestra que Benavente ha reducido la temperatura pasional de un conflicto de celos, que ha inyectado «normalidad» al proceso y que ha renunciado al énfasis folletinesco que tan propicio se le brindaba, hasta alcanzar un nivel de comedia más delicado. El abismo que en este punto lo separa de Echegaray se ahonda más si comparamos el planteamiento de las escenas (choque abierto, exterioridad, en nuestro primer Premio Nobel; insinuación, intimismo, en el segundo) y, sobre todo, el diálogo, infinitamente más urbano, literario y comedido en Benavente.

Problemática

Sin embargo, sería error imaginar su sistema dramático como una abierta negación del de Echegaray. Por debajo de todas las diferencias hay algo que los une: su condicionamiento por una idéntica clientela, en este caso, la burguesía en que ha cristalizado la

Restauración. Ambos dramaturgos proceden de ella, y ambos tienen que servirla, si no quieren enajenarse el único público entonces deseable[12]. Benavente no firma el manifiesto de los noventayochistas a que antes aludimos, parte por lealtad hacia el colega, parte por devoción y admiración que hacia él siente, y parte también por no irritar a su público, que es sustancialmente el mismo que el de aquel a quien se va a desairar. Ocurre, además, que don Jacinto ve el mundo con idénticos ojos que don José, aunque los prismas estéticos que interpone lo coloreen y lo maticen de otro modo más sutil.

La parte más voluminosa de su obra desarrolla una problemática burguesa. El que muchas veces zahiera a burgueses y a aristócratas no debe hacernos olvidar que ello no es sino la autocrítica a que la clase dominante se somete, en todo lugar, como parte de su propio funcionamiento como tal clase.

De hecho, los problemas más frecuentes de su teatro —conflictos de incomunicación, soledad, prestigio, dinero, honor; sentimientos de dignidad, compasión inactiva, arrepentimiento compensador del daño; anhelos de felicidad, dentro de un sistema sentimental, económico y social que se juzga inmutable; aceptación del mal, porque así es el mundo; catástrofes neutralizadas por consecuencias benéficas, etcétera— son los normales de la burguesía. Y participa de este carácter su habitual solución: la del

---

[12] El nombre de *género chico* atribuido al teatro popular de la época, oculta, bajo un evidente afecto, una suerte de menosprecio, como teatro de una clase social inferior. Ello no impedía que gozase también del favor de los «elegantes», que acudían a él, sin embargo, con una conciencia de distancia y travesura. Esa distancia, desgraciadamente, no era muy grande en lo cultural. Y el género chico poseía una autenticidad, y, por tanto, una calidad artística, superior, por lo común, al género grande. Recordemos que *La verbena de la Paloma*, estrenada el mismo año que *El nido ajeno*, fue calificada por Ortega y Gasset de «genial».

amor convertido en *deus ex machina*, en mágica clave resolutiva.

Advirtamos, sin embargo, que esta obediencia o, si se quiere, este condicionamiento no se expresó casi nunca en forma de halago. Benavente se movió con cierta holgura por entre aquel sistema de creencias —que, en gran medida, eran las suyas—, y hasta intentó rebasarlo en ocasiones: recuérdese cuántas veces se le motejó de inmoral y revolucionario. Quizá es en los momentos de rebeldía cuando su sinceridad resulta mayor; pero vuelve al redil, una y otra vez, en bandazos que desconciertan a todos. Son, con toda seguridad, el testimonio de una íntima contradicción entre profundos anhelos reformistas y no menos fuertes ligaduras que lo atan al ambiente en que nació y triunfó.

Importancia de su obra

«Yo no escribo comedias para el público, sino que hago público para mis comedias»[13], afirmó en más de una ocasión don Jacinto. Lo cual es muy cierto si no sacamos esta aserción de su órbita estética. Referida a un orden ideológico o moral, ya no es exacta, pues, como él mismo escribió, «hoy [el teatro], dadas sus condiciones de vida, no puede ser otra cosa que un espectáculo para las clases acomodadas, poco dispuestas a dejarse dirigir ni educar por los autores dramáticos»[14]. Este convencimiento guía su labor, y él nada a favor de la corriente, aunque, a veces, se permite brazadas en contra y gestos de protesta. Su teatro asume las preocupaciones,

---

[13] *Apud* A. Lázaro, *op. cit.*, pág. 23.
[14] *Obras completas*, VI, 1952, pág. 605. Cfr. el escepticismo que muestra acerca de la influencia del escritor sobre la sociedad, en sus conferencias «La moral en el teatro» e «Influencia del escritor en la vida moderna», *ibíd.*, VII, 1953, págs. 9-44.

los anhelos y desazones de aquellas clases acomodadas que constituyen su público.

En su valor como documento y en su novedad como sistema dramático estriba la principal importancia histórica del drama benaventino. Hacemos hincapié en que se trata de una importancia inactual. De hecho, el paso del autor fue haciéndose desacompasado con el correr del siglo XX, y muchas veces se le acusó de reaccionario. Poco antes y poco después de la guerra, con una sociedad agobiada por nuevos problemas y estructurada de otro modo, su obra es, en gran medida, la de un añorante.

¿Carecerá, sin embargo, de otros valores? En modo alguno. La capacidad dramática de Benavente fue extraordinaria para todos los géneros, desde la tragedia a la comedieta o a la comedia infantil. Le debemos bellezas literarias incuestionables, análisis profundos del alma humana —del alma femenina, sobre todo—, observaciones penetrantes de tipo moral, ironías que desenmascaran farisaísmos inveterados, actitudes edificantes y hasta bravos alegatos políticos.

Pero la ramplonería de la sociedad que lo ensalzó constituyó para él una grave limitación, de la que era perfectamente consciente (¡qué gran vasallo, para mejor señor!). Ha contado Karl Vossler cómo tradujo y quiso hacer representar en Alemania la comedia *Vidas cruzadas;* le autorizó a intentarlo Benavente, «pero haciendo la observación de que su obra habría de parecer seguramente en Alemania poco moderna. Tenía razón. La obra fue rechazada por los directores de los grandes teatros alemanes con el mismo término que Benavente había profetizado, pasando yo por la vergüenza de que el Premio Nobel español conociera mejor que yo el gusto escénico de mis compatriotas»[15]. Quizá se equivoca Vossler; lo que don

[15] *Escritores y poetas de España,* col. Austral, trad. de Carlos Clavería, Madrid, 1944, pág. 174. El ensayo sobre Benavente es de 1930.

Jacinto conocía a fondo, como víctima de él, era el gusto *poco moderno* de sus propios compatriotas, que se traslucía en la escasa modernidad de sus comedias, medida ésta a escala europea.

Benavente y la literatura de su tiempo

Fue don Jacinto en su mocedad uno de aquellos revoltosos a quienes, con afán peyorativo, se tildó de «modernistas», palabra que entonces equivalía a «raro» o «extravagante», porque trataban de afirmar su personalidad en la negación de la literatura ambiente. Su nombre figura en las principales revistas jóvenes, unido al de otros grandes escritores, como Unamuno, Valle-Inclán, «Azorín», Rubén Darío, etcétera[16].

Pero aquel grupo compacto, dentro de su heterogeneidad, reaccionó de distinto modo ante la atonía nacional que culmina en el desastre de 1898. Unos, interesados en su salvación como literatos —los «modernistas» propiamente dichos—, se aplican preferentemente en una dirección esteticista; otros, la llamada «generación del 98», se embarcan en una empresa crítica y política. Los límites entre una y otra tendencia no son nítidos. Como ha escrito Pedro Salinas, «la diferencia es pura cuestión de posología; en tal autor, la dosis 98 predominará notablemente sobre la modernista; en otros, sucederá a la inversa». En Benavente pesa más, sin lugar a dudas, la orientación modernista. El propio «Azorín», definidor de su generación literaria, escribía en 1914: «Benavente era fino, delicado, aristocrático. Tenía para nosotros el prestigio, un poco inquietador, de la ironía. Formaba ya grupo aparte; su nombre iba unido a una

---

[16] Cfr. G. Díaz-Plaja, *Modernismo frente a Noventa y Ocho*, Madrid, Espasa-Calpe, 1951, págs. 20-45.

idea de erudición de cosas extranjeras [...], acaso con un poco de indiferencia, como en Larra, hacia nuestros valores clásicos.» Y, en 1954, sentencia: «Benavente, por su sensibilidad, por su filosofía, puede ser considerado en sus principios como un modernista» [17].

Fue, evidentemente, el freno impuesto por el género que cultivó, y la sumisión al ambiente medio de su clientela, lo que, en gran medida, le impidió acompañar a sus amigos de juventud por los caminos arriesgados de una crítica profunda. Como ha observado Torrente Ballester, sus contactos con el 98 hay que buscarlos en sus artículos y conferencias, no en las comedias [18]. Su labor teatral se movió entre los límites ya señalados, y, por ello, quizá con una conciencia de culpabilidad— por haber vendido su alma al diablo, según el cáustico juicio de Ramón que ya registramos—, se apartó del grupo, formó sus tertulias, se hizo exclusivamente «hombre de teatro», con las limitaciones intelectuales y de acción que ello comportaba en España [19]. Sin embargo, no

---

[17] «Azorín», *La generación del 98*, Salamanca, Biblioteca Anaya, 1961, págs. 28 y 80.

[18] *Panorama de la literatura española contemporánea*, Madrid, Guadarrama, 1961, I, pág. 191.

[19] En esta opinión suya sobre Larra, subyace una justificación: «Paréceme que, en la admiración de nuestros jóvenes por Larra, entra por mucho el atractivo de su fin prematuro. Hay quien juzga que fue mejor así, pues acaso la vida, con su roce desgastador de energías y suavizador de asperezas, hubiera subyugado altiveces en el rebelde espíritu de *Fígaro*, y una vez más hubiéramos asistido a la abdicación de una inteligencia vencida por algún interés. ¿Qué importaba? ¡Hubiera sido tan interesante! De un alto entendimiento es tan admirable la sumisión como la rebeldía [...]. Cuando la aparente sumisión, efectiva para el vulgo oficial, nos ha dado autoridad y respeto, ¿no podremos con mayor eficacia volver a decir la verdad a los que antes no quisieron oírla?» No vemos, en estas palabras, ninguna negación de los mitos del 98, como afirma Díaz-Plaja, en su *op. cit.*, pág. 81, de donde las tomamos, sino una clara exculpación.

dejó nunca de alabar, generosamente, a sus antiguos amigos.

En muchas de sus comedias, en sus cuentos, en su teatro para leer, la ornamentación, la musicalidad de la frase y su sensibilidad poseen los rasgos más característicos del modernismo. En otras obras, menos poéticas y más urbanas, la actitud modernista se manifiesta en el gusto por la paradoja, en el cuidado exquisito de la forma, en la sutileza estetizante de los sentimientos, en el predominio de la literatura sobre la observación.

Benavente formó pronto escuela; a ella pertenecen Gregorio Martínez Sierra (1881-1948), en gran medida Manuel Linares Rivas (1878-1938), Felipe Sassone (1884-1954) y Honorio Maura (1886-1936); en la posguerra, su huella está patente en algunas comedias de José María Pemán (n. 1898).

Compartió el éxito escénico con autores que representan otras tendencias: Eduardo Marquina (1879-1946), cultivador del teatro histórico en verso; Pedro Muñoz Seca (1881-1936), creador del «astracán» cómico, y los famosos saineteros Carlos Arniches (1869-1943) y Serafín y Joaquín Álvarez Quintero (1871-1938, 1873-1944). Frente a todos ellos se alzó el teatro renovador de Valle-Inclán, primero, y, después, de Federico García Lorca, cuya magna empresa, en la que le acompañaban Rafael Alberti, Alejandro Casona, Max Aub y Miguel Hernández, interrumpió prematuramente la guerra.

Los intereses creados

Estreno y triunfo

Los intereses creados, comedia de polichinelas en dos actos, tres cuadros y un prólogo, se estrenó, en el Teatro Lara de Madrid, el 9 de diciembre de 1907. Fueron sus principales intérpretes los famosos actores

Ricardo Puga y Balbina Valverde. En 1930, evocando aquel triunfal estreno, escribía Benavente: «Recuerdo que el ensayo general fue de lo más desdichado. Seguro estoy que cuantos asistieron a él pronosticaron un fracaso. Yo, por mi parte, sin temer el fracaso rotundo, sólo esperaba un mediano éxito, y nunca que aquella obra pudiera ser lo que en teatro se califica obra de público y, por tanto, de dinero[20]. Si me lo hubieran dicho por halagarme, no lo hubiera creído»[21].

La comedia, briosamente interpretada por los actores, obtuvo un éxito clamoroso. El público interrumpió la representación con sus aplausos varias veces, y el autor saludó con los artistas al final de los cuadros. Desde entonces, *Los intereses creados* es la comedia considerada por muchos como la obra maestra de su autor; así lo proclamó el público, en 1930, en una votación en que participaron cincuenta mil personas. Don Jacinto la posponía, sin embargo, a *Señora Ama*.

Traducida, ha sido representada abundantemente fuera de España; todavía en 1948 lo fue en el Berlín oriental[22]. La Academia Española le otorgó el premio Piquer en 1912.

Tema

Este éxito, que ha sido sancionado después por la crítica más exigente, hay que atribuirlo, por igual, a los atractivos del tema y a la originalidad de su formulación dramática dentro de nuestra historia teatral; de esto hablaremos más adelante.

El nudo temático de la comedia es una afirmación

---

[20] En 1929, don Jacinto cedió generosamente el disfrute de los derechos de esta obra al Montepío de Actores españoles.

[21] *Obras completas*, XI, 1958, pág. 45.

[22] Cfr. I. Sánchez Estevan, *op. cit.*, pág. 109.

desencantada, que enuncia el protagonista con estas palabras: «Mejor que crear afectos es crear intereses» (acto II, escena IX). Se trata de una de las habituales protestas del autor contra los supuestos morales de la sociedad burguesa, expuesta con este sencillo esquema argumental: Leandro y Crispín, dos pícaros redomados, llegan a una ciudad italiana (la acción transcurre a principios del siglo XVII) donde el segundo, con sólo su facundia, impone el crédito de Leandro como hombre adinerado, generoso y culto. Allí preparan una operación definitiva: Leandro habrá de enamorar a la hija del rico Polichinela. Pero la realidad se sobrepone a la ficción, y un amor puro surge entre ambos jóvenes. Polichinela conoce la trampa en que quieren hacerle caer, mas no puede escapar de ella, porque lo empujan cuantos prestaron a los truhanes o creyeron sus mentiras. La boda será un negocio para todos, que cobrarán o no sentirán vergüenza por su ingenua confianza. Hasta la justicia saldrá gananciosa con la estafa.

Benavente, al llegar a este punto, aminora la crudeza de la situación. Polichinela es digno, por su ruindad y antiguos crímenes, de aquel castigo; no hay, pues, víctima inocente. Y, sobre todo, la bellaquería triunfante quedará justificada por el amor, según un mecanismo compensatorio habitual en todo su teatro, según el cual no hay mal que no venga para bien, y que posee virtudes reconfortantes para el público. Las pequeñas erosiones que el látigo benaventino haya podido producir en los espectadores, reciben, como un bálsamo, estas palabras finales de Silvia: «Y en ella [en la comedia] visteis que a estos muñecos, como a los humanos, muévenlos cordelillos groseros, que son los intereses, las pasioncillas, los engaños y todas las miserias de su condición [...]. Pero, entre todos ellos, desciende a veces del cielo al corazón un hilo sutil, como tejido con luz del sol y con luz de luna; el hilo del amor, que a los humanos, como a esos muñecos que semejan humanos, les hace parecer divinos y trae a nuestra frente resplandores de aurora, y pone alas en nuestro corazón, y nos dice que no todo es farsa en la farsa, que hay algo divino en nuestra vida que es verdad y es eterno, y no puede acabar cuando la farsa acaba.» De esta manera, el autor se veda un camino trágico y, con él, una accesión a niveles artísticos más trascendentes.

Con todo, la comedia posee una innegable audacia, y Benavente, hasta su final desfallecimiento, somete a crudo análisis la pasión del dinero, con un gesto sincero y desconsolado.

Farsa guiñolesca

Junto a su acierto temático, hemos señalado, como factor determinante de calidad en *Los intereses creados*, su planteamiento teatral. Don Jacinto tuvo el soberano acierto de encuadrar su obra en la tradición de la «commedia dell'arte».

No es de este lugar una pormenorizada descripción de lo que fue este género teatral, surgido en Italia en el siglo XVI, donde reinaría hasta muy avanzado el XVIII, que se cultivó en Francia, que influyó en Lope de Rueda, en Cervantes y, sobre todo, en Molière, en Regnard, en Beaumarchais y hasta en Shakespeare. Eran piezas de intriga, de carácter cómico o tragicómico, caracterizadas por la improvisación del texto, por las máscaras, por el empleo de dialectos —cosas todas que desaparecerán en su descendencia europea— y por los personajes fijos, es decir, de comportamiento previsible dentro de la tradición del género. La improvisación tenía ciertos límites: había un plan argumental de la comedia (el «scenario»), una previa distribución de escenas y, a veces, incluso ciertos diálogos escritos o frases de efecto asegurado por la experiencia, a que los actores podían apelar si el ingenio no suplía.

Ignoramos qué conocimiento tuvo Benavente de este género teatral; un futuro investigador de su obra tendrá que buscar respuesta, en su biblioteca privada, a esta y a otras preguntas. Es probable que conociera algún repertorio de «scenari» publicado en Italia o en Francia. Aunque nos parece que su inspiración directa procede de los autores franceses arriba citados, y del inglés Ben Jonson (1573-1637). En todos ellos podía hallar los elementos precisos, susceptibles de la original combinación a que los sometió.

Fuentes

«No ha faltado en torno de *Los intereses creados* —¿cómo no?— el mosconeo acusador de plagio. Y tan plagio. *Los intereses creados* es la obra que más se parece a muchas otras de todos los tiempos y de todos los países. A las comedias latinas, a las comedias del arte italiano, a muchas obras de Molière, de Regnard, de Beaumarchais. A la que menos se parece es, justamente, a la que más dijeron que se parecía, al *Volpone* original de Ben Jonson», escribió Benavente en 1930[23]. A pesar de esta paladina y sincera declaración, Torrente Ballester sigue hablando de la «escasa originalidad» de la comedia, y afirmando que «está hecha con elementos de Ben Jonson y de la "commedia dell'arte"»[24].

Volpone, del dramaturgo isabelino inglés, posee, en efecto, un criado, Mosca, descendiente de la tradición italiana del servidor truhán, que presta eficaz ayuda a su señor para estafar a sus conciu-

---

[23] *Obras completas*, XI, 1958, pág. 47.
[24] *Op. cit.*, pág. 196.

dadanos. Ante una supuesta y grave enfermedad de Volpone, estos acuden con dádivas, convencidos, por las habilidades de Mosca, de que serán nombrados herederos únicos de su señor. Pudiera ocurrir que esta idea central de la estafa basada en la codicia ajena —que no es tampoco de Jonson, sino de Luciano— arrancara de *Volpone;* pero todas las semejanzas terminan ahí.

Elemento central, en la comedia inglesa, es la traición de Mosca, que intenta alzarse con la fortuna amasada entre Volpone y él[25]; y esto falta por completo en *Los intereses creados.*

La novedad de Benavente salta a los ojos; no hay en su comedia un señor a quien su criado ayuda, sino dos bellacos, un falso señor y un falso criado, que se oponen, «grosso modo», en la proporción don Quijote-Sancho[26]. Esta relación se halla matizada por ciertos rasgos shakesperianos de Crispín, cuyo juego recuerda no poco el de lady Macbeth. Hay, además, en su personalidad, elementos de nuestra tradición picaresca, como acertó a ver Amado Alon-

---

[25] *Volpone* se representó en París, durante la temporada 1928-1929, en un arreglo de Jules Romains, hecho, a su vez, sobre una adaptación de Stefan Zweig; la figura de Mosca creció en proporciones que no poseía el original. A ello alude Benavente cuando asegura que *Los intereses creados* no se parecen al original, pero que «a las adaptaciones sí se parecía; porque más de un adaptador procuró —¡líbreme Dios de creer que con mala fe!— que se pareciera. Ya en la adaptación francesa de Jules Romains, el personaje de Mosca, el criado, adquiere una importancia que no tiene en el original inglés. Bien sé yo que el autor francés desconoce *Los intereses creados,* como todas mis obras; le bastaba con acordarse de Molière y de Regnard para ampliar la figura de Mosca, que es el criado pícaro del teatro latino, de la comedia italiana, del teatro francés y de nuestro teatro clásico» *(ibíd).* Hay una adaptación española de *Volpone,* debida a Luis Araquistáin («El teatro moderno», n. 227, Madrid, 1929) que, sobre todo, en el tono del diálogo, recuerda muy de cerca la comedia benaventina.

[26] Cfr. Walter Starkie, *Jacinto Benavente,* Oxford University Press, 1924, pág. 163.

so[27]. Y en la función dramática que desempeña, con su permanente dominio de las situaciones, pesa sobre él el recuerdo de Fígaro, que, en *Le barbier de Séville*, se proclama «partout supérieur aux événements» (acto I, escena II), y que, en el famoso monólogo de la comedia de sus bodas, asegura ser «un assemblage informe de parties inconnues, puis un chétif être imbécile, un petit animal folâtre, un jeune homme ardent au plaisir, ayant tous les goûts pour jouir, faisant tous les métiers pour vivre; maître ici, valet là, selon qu'il plaît à la fortune! ambitieux par vanité, laborieux par nécessité, mais paresseux... avec délices!, orateur selon le danger, poète par délassement musicien par occasion, amoureux par folles bouffées, j'ai tout vu, tout fait, tout usé. Puis l'illusion s'est détruite...» (acto V, escena VII). Sí, hay mucho de este *enfant de París* que es Fígaro, en Crispín: ambos son alegres, melancólicos, emprendedores, cínicos, sentimentales, ansiosos de justicia y libertad.

Otros rasgos de la comedia proceden de Molière o de Regnard. El nombre mismo del protagonista proviene de la comedia más famosa de este último, *Le Légataire universel* (1708), si bien no tengan ambos truhanes más parentesco que el aire de familia habitual en todos los criados de la farsa popular. Hay, por lo demás, personajes del mismo nombre en «scenari» italianos, en Scarron, en Poisson[28] y en Lesage. No puede hablarse, en ningún caso, de imitación directa, pero creemos que, en Regnard, a quien cita explícitamente don Jacinto, como vimos,

---

[27] «Lo picaresco en la picaresca», *Anales de la Institución Cultural Española*, Buenos Aires, 3, 1929-1930, págs. 387-397. También había establecido esta conexión Walter Starkie, *op. cit.*, pág. 162, aunque con menor precisión.

[28] Cfr. Erasmo Buceta, «En torno de *Los intereses creados*», *Hispania*, Calif., IV, 5, 1921, pág. 251.

ha hallado este los tonos ambientales de su comedia, el «aire» general de la misma.

Otro de los autores que invoca es Molière. Crispín, cuyo parentesco con Fígaro es innegable, se relaciona igualmente con Scapin, quizá a través del barbero sevillano. Scapin proclama también su suficiencia: «J'ai sans dout reçu du ciel un génie assez beau pour toutes les fabriques de ces gentillesses d'esprit, de ces galanteries ingénieuses, à qui le vulgaire ignorant donne le nom de fourberies; et je puis dire, sans vanité, qu'on n'a guère vu d'homme qui fût plus habile ouvrier de ressorts et d'intrigues; qui ait acquis plus de gloire que moi dans ce noble métier» *Les Fourberies de Scapin*, acto I, escena II).

Algunos otros detalles sueltos pueden provenir también del teatro molieresco. Así, por ejemplo, la desvergüenza con que Crispín, en el cuadro I, impone el derecho de su señor a no ser importunado con cuestiones de dinero, recuerda la divertida escena VII del acto I de *Les précieuses ridicules*, en que Mascarille increpa a uno de los «porteurs» que lo han traído en silla de manos: «Comment, coquin, demander de l'argent à une personne de ma qualité!» En esta misma comedia, dos pícaros, Mascarille y Jodelet, se hacen pasar por caballeros (escena XI). *Le Médicin malgré lui* presenta a otro bellaco, Sganarelle, inventando recursos para que el joven Léandre (el mismo nombre del personaje que, en idéntica función, aparece en *Los intereses creados)* pueda casarse con una joven cuyo padre se opone al matrimonio por la pobreza del galán. Y, conforme a una tradición de la «commedia dell'arte», el empleo intempestivo del latín, para caracterizar personajes pedantes, y que constituye recurso cómico fundamental del acto II, escena VIII, aparece en varias comedias molierescas, especialmente en *Monsieur de Pourceaugnac*, acto I, escena VIII, si bien en labios de médicos.

Y de la «commedia dell'arte» propiamente dicha,

¿qué elementos han podido llegar a Benavente? Insistimos en que el estudio de su biblioteca quizá pudiera revelarlo. Y también en que, sin un conocimiento directo de los «scenari» italianos o franceses, pudo haber llegado a idénticos resultados. Los personajes principales —de los que hablaremos en seguida—, el embrollo como recurso cómico, los vapuleos, el carácter sentencioso del diálogo, etc., están también en los autores franceses que derivan de aquella tradición. Algunos tipos, como Arlequín, Polichinela y Colombina, fueron, además, muy populares en la lírica, en la pintura, en la danza y en la farsa europeas del siglo xix. Hay momentos, sin embargo, en que podría hablarse de un influjo directo de la «commedia dell'arte»; he aquí, por ejemplo, un juicio sobre el dinero, que hallamos en un repertorio del siglo xvii para actores de aquel género: «Gran cosa che l'è 'l danaro a sto mondo. L'è la mazzor lettera de raccomandazion perchè con sta sorte di supplica se ottien tutto»[29], que recuerda muy de cerca la réplica con que Crispín disuade a Leandro de que utilice las cartas de recomendación que lleva (cuadro I, escena I). Se trata, seguramente, de una coincidencia fortuita, a no ser que haya un texto intermedio que formule de manera semejante el viejo tópico.

Los personajes

No es sólo Crispín, de quien ya hemos hablado suficientemente, el único personaje ligado a la tradición teatral. De la «commedia dell'arte» italiana procede también Leandro, figura del galán que se enamora por primera vez («Léandre le sot», lo llamó

---

[29] *La Commedia dell'Arte*. Storia e testo a cura di V. Pandolfi, Firenze, Sansoni, IV, 1958, pág. 328, obra en la que se encontrará una bibliografía completa sobre dicho género teatral.

Verlaine) [30] y que aparece en muchas obras francesas, entre otras en *Le Médicin malgré lui*, como hemos dicho, y en *Les Fourberies de Scapin*. Benavente le ha repartido el papel de idealista, en esa especie de dicotomía del hombre que son él y Crispín. Ha acentuado las notas de debilidad y timidez, hasta el punto de que siempre lo representa una actriz. Tenemos que creerlo pícaro bajo su palabra, y sólo una vez, al comienzo de la escena II del cuadro I, lo vemos comportarse como tal. Creemos que hay un próximo parentesco entre él y el Dorante de *Le Jeu de l'Amour et du Hasard* de Marivaux, que corteja a una damita, llamada precisamente Silvia, como en *Los intereses creados*. Dorante, tímido, delicado, pudoroso, titubeante, finge también una condición que no posee (sólo que la contraria de Leandro, ya que se hace pasar por criado), e intenta igualmente retirar sus pretensiones amorosas, para que su amada no sufra al descubrirlas. Silvia, que, en la comedia benaventina, es la adinerada de la pareja (mientras que en la de Marivaux corresponde ese papel a Dorante), podría muy bien decir como este a su amante: «Je t'adore... Il n'est ni rang, ni naissance, ni fortune, qui ne disparaisse devant une âme comme la tienne» (acto III, escena VIII). El triunfo del amor sobre cualquier inconveniente, magno lugar común de toda la historia literaria, es uno de los ingredientes capitales del «marivaudage» y del benaventismo.

Los demás personajes poseen aún menor relieve. Son simples piezas de guiñol que sirven sólo para que brille y triunfe Crispín. Hasta Leandro, su compañero, parece una feble sombra sin cuerpo. Polichinela, el viejo jorobado, es, como ya dijimos, una figura habitual en la farsa europea, y procede de la «commedia dell'arte»; en Francia recibió las dos jorobas con que lo presenta Benavente, y este hecho

---

[30] En su poema «Colombine», de *Fétes galantes* (1869).

por sí solo revela dónde lo conoció. El bufo, saltarín y alocado Arlequín del teatro popular italiano, se transformó también, allende los Pirineos, en el agudo decidor, de traje polícromo («Un cuadro verde, / un cuadro rojo, / y un cuadro azul. / Y amarillo...», en la descripción de M. Machado)[31], capaz de ser el Aretino insustancial que representa en la comedia.

Colombina ha perdido sus rasgos definidores, para desempeñar un simple papel de confidente. Pantalón conserva sólo su avaricia, y no la profunda personalidad de rico desgraciado y solitario que fue adquiriendo con los siglos. Personaje de la «commedia dell'arte» es también el Capitán, lejano heredero del Capitán Spavento, que, poco a poco, en la farsa italiana, se había ido llenando de fanfarronería hispana, hasta el punto de hacerlo hablar en español.

El estudio pormenorizado de estos y de los restantes personajes[32] —incluida la celestinesca doña Sirena— carece de interés: son, como hemos dicho, pretextos esquemáticos al servicio del protagonista. Sólo este interesa, descendiente de una jocunda fa-

---

[31] *La tragicomedia del Carnaval*, en Opera omnia lyrica, Madrid, Editora Nacional, 1942, pág. 322.

[32] Dámaso Alonso, en el importante trabajo que citamos en la bibliografía, pág. 19, escribe a propósito de los personajes: «Sabido es que Benavente adoptó para su obra maestra los nombres de la tradición que viene de la comedia italiana o "commedia dell'arte", Pantalone, Pulcinella, Arlechino, il Dottore, il Capitano [...], Colombina... Leandro es nombre de personaje enamorado, en la comedia italiana (desde fines del siglo XVI) y luego en la francesa; Silvia es nombre de la protagonista en el *Aminta*, popularizado por una actriz Benozzi desde principio del siglo XVIII. No voy a discutir en pormenor hasta qué punto los caracteres atribuidos por Benavente a los nombres que tomó de esta tradición corresponden o no a los tipos habituales en ella. En *Los intereses creados* parece caprichoso el nombre de Polichinela; se ha dicho que al Polichinela personaje de Benavente le iría mejor el nombre de Pantalón (que en *Los intereses creados* es el del prestamista). Creo sí que, en realidad, ni Arlequín, ni el Capitán, ni Polichinela se corresponden bien con los caracteres tradicionales asignados a estos nombres.»

milia de criados teatrales, a él nada más cabe aplicarle la afirmación del prólogo: es una máscara no tan regocijada como solía, porque ha meditado mucho. Benavente ha trazado los demás con rasgos muy someros. Muchos eran habituales —ya se ha dicho— en la poesía simbolista y parnasiana francesa, y de ella los recibió el modernismo español, tan grato a don Jacinto. Fue este estímulo poético el que, a buen seguro, le impulsó a profundizar sus lecturas dramáticas para escribir la comedia. Y únicamente en el caso·de Crispín realizó un verdadero esfuerzo de composición de carácter.

Estilo

Suele juzgarse *Los intereses creados* como obra maestra de la prosa dramática contemporánea. Y no andan descaminados los que así piensan. El prólogo, concretamente, es una pieza inolvidable de buen decir. El único defecto que cabe atribuir al diálogo es su excesiva literatización, que hace del pícaro Crispín un filósofo culto y reflexivo. Las frases se ordenan conforme a estructuras refinadas paralelísticas: «... *si a lo* piadoso nos acogemos; y *si a lo* bravo...; *si a la* verdad...». Las imágenes se suceden sin respiro, en haces apretados: «Mundo es éste de toma y daca, lonja de contratación, casa de cambio...» Abundan las anáforas retóricas: «Enemiga la tierra, enemigos los hombres, enemiga la luz del sol.» La frase escapa infinitas veces a toda posibilidad coloquial: «Todos somos amigos, y nuestra mutua amistad te defiende de nuestra unánime admiración.» Y, en la subordinación causal, hay rasgos excesivamente cultos, al servicio de una intención sentenciosa: «*Que* nada importa tanto como aparecer... *Que* el hambre y el cansancio me tienen abatido... *Que* sin ella [la desvergüenza] nada vale el ingenio... *Que* nada conviene tanto a un hombre como llevar a su lado quien haga notar sus méritos, *que* en uno mismo la modestia es necedad... *Que* valemos más o menos, según la habilidad del mercader que nos presenta»; advirtamos que estas últimas citas han sido espigadas en una página de la comedia.

Merece un estudio detenido el estilo de *Los intereses creados*, tan retorizado, tan culto, tan sincopado a veces y tan excesivo otras. Hemos calificado esto de defecto. No sabemos hasta qué punto lo es. El ambiente todo de la obra necesitaba un tratamiento literario «sui generis», y es de agradecer al autor que echara por esta dirección —con precedentes en Regnard y Beaumarchais sobre todo— antes que ceder a las lujosas sirenas del modernismo; cuando las oyó, en el final del cuadro II, por ejemplo, el resultado fue desolador.

El balance total es satisfactorio. Gusta pensar que Benavente logró un éxito mayoritario imponiendo un tipo de prosa tan refinado, tan sutil. Los efectos rítmicos suelen ser excelentes [33]. Medida desde otros gustos que exijan el realismo notarial de la frase, puede parecer extraña y anticuada; hay que retrotraerse, como en general para juzgar todo el teatro benaventino, a su época: es entonces cuando resplandece su calidad.

Valoración

Los intereses creados es una de las obras benaventinas que se han ganado un lugar de preferencia en el gusto de los más y de los mejores. «Hoy la escribiría

---

[33] Don Jacinto cuidó mucho este aspecto del diálogo; he aquí su propia confesión: «Todo el arte del diálogo está en el ritmo. Diálogo sin ritmo es diálogo sin alma. Las palabras son las expresiones de lo que pensamos y sentimos. Nuestro pensamiento,

de otra manera; más en tono de farsa», afirmaba
don Jacinto en 1930[34]. Sí, quizá es uno de sus defectos
principales el haber acentuado su carácter de comedia
urbana y habitual, sobre todo en el cuadro II; por eso
también sobresalen las admirables escenas finales,
cuando todos los personajes, desatados por la am-
bición, reclaman su dinero. La moraleja está demasiado en primer plano, a lo largo de toda la comedia.
Y es un fallo, ya señalado, la compensación tranquili-
zadora de la truhanería por el amor.

Pero estos y otros defectos no pueden empequeñecer
la dimensión considerable de la obra. No es poco
original por el hecho de haber empleado personajes
y símbolos de larga vida literaria; la originalidad es
casi un problema culinario, un arte combinador,
y no le ha faltado en esta ocasión a don Jacinto.
La densidad literaria del diálogo, aunque encubra
a veces insignes banalidades, acaba convirtiéndose
en uno de sus mayores encantos. Por fin, su amarga,
su trágica moraleja, posee una vigencia perdurable.
Se trata de una obra maestra, dentro del tono menor
habitual en el teatro burgués.

Nuestra edición

Hemos fijado el texto de la comedia, según la edición
impresa en *Teatro de Jacinto Benavente*, con una
introducción de Gregorio Martínez Sierra, París,
Thomas Nelson and Sons, s. a., págs. 13-144, la mejor
de cuantas existen; hemos modificado la puntuación

---

como nuestro corazón, tiene un ritmo: unas veces, acelerado,
violento; otras, pausado, majestuoso. Percibir ese ritmo interior
es todo el secreto de ese arte», *Psicología del autor dramático*,
en *Obras completas*, VII, 1953, pág. 78.
[34] *Obras completas*, XI, 1958, pág. 46.

y acentuación en algunos casos. No nos ha sido accesible la que publicó Van Horne para uso de estudiantes norteamericanos, en 1921.

ADICIÓN

Una fuente segura de «Los intereses creados»

El estudio que antecede es el que figuraba al frente de las sucesivas ediciones de la comedia publicadas por Anaya, a partir de 1965. Sin embargo, en un artículo publicado hace no mucho, aunque la revista lleve fecha anterior (1967), Dámaso Alonso comunicó un importante descubrimiento a propósito de *Los intereses creados*, que, en principio, me hizo pensar en rehacer mi prólogo; luego explicaré por qué he preferido este expediente de rematarlo con una nota adicional.

La importancia de ese descubrimiento estriba en que el maestro de nuestra crítica ha dado, por fin, con la fuente argumental de la farsa benaventina. Se trata de *El caballero de Illescas* de Lope de Vega, obra en la cual el protagonista Juan Tomás, de vida anterior airada, se hace pasar en Nápoles por gran señor, y enamora a Octavia, hija del Conde Antonio. Ante la oposición de este al matrimonio, la muchacha huye a España con su galán, cuyo amor fingido se trueca en verdadero. Pero ya no puede ocultarle sus mentiras, y Octavia le reafirmará su cariño al conocer el engaño. Al final, y tras una serie de peripecias sin paralelo en Benavente, el airado Conde accederá a la boda de su hija con Juan.

Junto a esta línea, de trazo tan próximo a la de *Los intereses creados*, se descubren detalles directamente inducidos por Lope que el comediógrafo moderno ha adoptado o adaptado. Así las dos almas de Juan Tomás, que este pone de manifiesto en abundantes monólogos, se reparten entre Leandro y Crispín («genial dicotomía próxima a la de don Quijote-Sancho»). Son múltiples, insisto, los rasgos argumentales —y algunos psicológicos— que Dámaso Alonso, con su habitual agudeza, va revelando, y que el lector interesado hallará acudiendo directamente a su trabajo. La dependencia de *Los intereses creados* respecto de *El caballero de Illescas* se refuerza por el hecho de que el nombre *Sirena* es común a sendos personajes de ambas comedias, y no aparece en los elencos de nombres de la «commedia dell'arte»; además, en la obra de Lope es quien anima a Juan para que emprenda la conquista de la rica heredera.

Se pregunta Dámaso Alonso por qué quiso Benavente ocultar su principal modelo argumental. ¿Tal vez para conjurar la acusación de plagio? Y comenta: «Si ha sido así, no hacía falta. *Los intereses creados* no tienen nada de plagio [...]. Benavente extrajo, del maremagnum de la acción, en *El caballero de Illescas*, justamente los elementos de la trama fundamental de *Los intereses creados*. Fue el segundo acto de *El caballero de Illescas* lo que principalmente se utilizó para el desarrollo de la acción en *Los intereses creados* y para el desdoblamiento de Juan Tomás en Leandro y Crispín. Pero del primer acto de Lope, los crímenes de la vida anterior de Juan Tomás han dado como consecuencia la vida facinerosa de Crispín y Leandro, tal como se cuenta a retazos en la escena. También hay importantes elementos del acto tercero de Lope que vemos proyectados sobre la comedia de Benavente: Juan Tomás y Leandro confiesan sus fechorías, el uno a Octavia, el otro a Silvia; y ambas mujeres no dudan: amarán a sus seductores aunque ellos sean criminales. Y al final de la obra, el ennoblecimiento de Juan Tomás [...] tiene su correspondencia en la fehaciente declaración de Crispín: Leandro es noble. Benavente varió y desarrolló mucho algunos de esos materiales, convirtió en escenas importantes otras cosas que sólo estaban apuntadas en la obra de Lope o que podían ser una consecuencia natural en el desarrollo de ella, y además dio a todo un tono de farsa con el que, claro está, desaparecía la humana y bella violencia de la "fuente". Construyó así una obra suave en la forma (con mucho veneno contra la sociedad que constituía su público), todo lo ponderó, y salió esa obrita maestra: *Los intereses creados.*»

Este extenso párrafo, en el que Dámaso Alonso resume a la perfección su minucioso trabajo de análisis comparativo, justifica bien por qué no he creído necesario alterar mi prólogo. En este, aludo repetidamente a la ignorancia de lo que su trabajo ha revelado: el modelo argumental. (Por cierto, ¡qué apartados de la verdad andábamos todos cuando lo buscábamos por otras literaturas, teniéndolo tan insospechadamente cerca!) Pero el argumento no es sino uno de los constituyentes de la comedia; y, desconociéndolo, las páginas que anteceden se aplicaron a buscar en los demás: personajes, atmósfera, «filosofía»... Me parece que su hallazgo no altera ninguno de los resultados obtenidos en mi confrontación de la farsa con la tradición ítalo-francesa. Se ha dicho muchas veces que la originalidad absoluta no existe, y que el gran inventor literario suele ser —o es, nada menos— un gran combinador. Ahora que todos o casi todos los hilos de la urdimbre de *Los intereses creados* nos son conocidos, es precisamente cuando más resalta la originalidad de Benavente. Apoyándose en una novelesca y vehemente trama de Lope, operó con ella sometiéndola a reducciones y a un feliz desarrollo (el de Leandro-Crispín, frente al único Juan Tomás). Pero aquello era sólo el pretexto para su designio de escritor y moralista, consistente, como hemos dicho, en presentar bajo la forma de farsa, alegre y desencantada a la vez, una sátira de ciertos móviles humanos. Escribe, además, en un momento en que los viejos personajes de la «commedia» ita-

liana placen a los poetas. Y fundiendo trama, intención
y estética en un crisol personal, alumbra una de las
comedias más bellas de nuestro teatro.

¿Por qué no mencionó a Lope de Vega, en su prólogo, y sí a Lope de Rueda, a Shakespeare y a Molière?
Ciertamente, porque los tres poetas fueron a la vez
actores. Pero existía también el designio de no pro-
porcionar indicios que condujeran a la verdadera
pista. Porque, como hemos visto, tampoco se alude
al Fénix en los comentarios que, en otro lugar, hizo
Benavente sobre sus «fuentes» (comedias latinas, del
arte italiano, Regnard, Beaumarchais...). «No había
razón ninguna para avergonzarse de haber utilizado
a Lope», proclama ahora Dámaso Alonso. ¿Real-
mente no la había? ¿Qué habría ocurrido si cualquiera de los críticos que le hostigaban hubiese
leído *El caballero de Illescas*, y hubiera tenido la
agudeza suficiente para descubrir en la comedia la
plantilla esencial de la farsa? La calidad de esta
ya no se puede cuestionar ahora, cuando el famoso
dramaturgo ha dejado de ser polo de aversiones
y de fanatismos. Y cuando su obra anda ya —y debe
andar más— en manos críticas mejor habituadas
a ponderar el sutil concepto de originalidad. Estoy
seguro de que don Jacinto, desde su cielo de Galapagar, ha esbozado una de aquellas sonrisas que
sus apasionados calificaban de «mefistofélicas», pero
cargada esta vez de simpatía y complacencia: *Los
intereses creados* aumentan su valor para nosotros,
al saberla pariente remota de una invención del
Fénix. La revelación del secreto ha llegado en el
momento justo. Y por obra de quien con más tiento
podía hacerla.

F. L. C.

Bibliografía

GÓMEZ BAQUERO, E.: «*Los intereses creados*», *España moderna*, CCXXIX, 1908, págs. 169-177.

BUENO, M.: «Jacinto Benavente», en *Teatro español contemporáneo*, Madrid, 1909, págs. 127-177.

EGUÍA RUIZ, C.: «Un dramaturgo en la Academia: don Jacinto Benavente», en *Literatura y literatos*, 1.ª serie, Madrid, 1914, págs. 281-310.

PÉREZ DE AYALA, R.: *Las máscaras*, Madrid, 1919. Reimpresa en la Colección Austral, núm. 147.

D'AMICO, Silvio: *Il Teatro dei Fantocci*, Florencia, Vallecchi, 1920 (sobre «*Los intereses creados*», págs. 136-146).

BUCETA, ERASMO: «En torno de *Los intereses creados*», *Hispania*, Calif. IV, 1921, págs. 211-222.

ONÍS, Federico de: *Jacinto Benavente, Estudio literario*, Nueva York, Instituto de las Españas, 1923.

TILGHER, A.: *Voci del Tempo*, Roma, 1923.

STARKIE, W.: *Jacinto Benavente*, Oxford University Press, 1924 (sobre «*Los intereses creados*», págs. 151-167).

LÁZARO, Ángel: *Jacinto Benavente. De su vida y de su obra*, París, Agencia Mundial de Librería, 1925.

ENTRAMBASAGUAS, J. de: «Don Jacinto Benavente en el teatro de su tiempo», *Cuadernos de Literatura Contemporánea*, Madrid, C.S.I.C., 1941, 15 [*CLC*], págs. 219-221.

VOSSLER, K.: *Escritores y poetas de España*, Colección Austral, traducción de Carlos Clavería, Madrid, 1944, páginas 168-181.

GUARNER, L.: «La poesía en el teatro de Benavente», *CLC*, páginas 223-231.

JULIÁ, E.: «El teatro de Jacinto Benavente», *CLC*, págs. 165-218.

GÓMEZ DE LA SERNA, R.: *Benavente*, en «Nuevos retratos contemporáneos», Buenos Aires, Editorial Sudamericana, 1945, págs. 93-105.

VILA SELMA, J.: *Benavente, fin de siglo*, Madrid, Rialp, 1952.

IRIARTE, J.: «Los intelectuales y Benavente», *Razón y Fe*, CL, 1954, págs. 335-350.

MONTERO ALONSO, J.: «Jacinto Benavente», *Revista de Literatura*, Madrid, 1954, VI, págs. 435-441.

SÁNCHEZ ESTEVAN, I.: *Jacinto Benavente y su teatro, Estudio biográfico y crítico*, Barcelona, Ariel, 1954.

SAINZ DE ROBLES, F. C.: *Jacinto Benavente*, Madrid, Instituto de Estudios Madrileños, 1954.

ELIZALDE, I.: «Benavente o el arte de hacer comedias», *Razón y Fe*, CII, 1955, págs. 219-232.

FERNÁNDEZ ALMAGRO, M.: *Benavente y algunos aspectos de su teatro*, Clavileño, 1956, 38, págs. 1-18.

ALONSO, Dámaso.: «De *El caballero de Illescas* a *Los intereses creados*», *Revista de Filología Española*, L, 1967, páginas 1-24. (El volumen apareció en 1970.)

YOUNG, Robert J.: «*Los intereses creados:* nota estilística», *Nueva Revista de Filología Hispánica*, XXI, 2, 1972, páginas 392-399.

Los intereses creados

A don Rafael Gasset, su afectísimo
Jacinto Benavente.

ACTO PRIMERO

PRÓLOGO

Telón corto[1] en primer término, con puerta al foro, y en esta un tapiz. Recitado por el personaje CRISPÍN

He aquí el tinglado de la antigua farsa[2], la que alivió en posadas aldeanas el cansancio de los trajinantes, la que embobó en las plazas de humildes lugares a los simples villanos, la que juntó en ciudades populosas a los más variados concursos, como en París sobre el Puente Nuevo, cuando Tabarin[3] desde su tablado de feria solicitaba la atención de todo transeúnte, desde el espetado doctor que detiene un

---

[1] *Telón corto*, 'telón que deja visible al público sólo el primer término de la escena'.

[2] *la antigua farsa;* se refiere al teatro profano y popular de los siglos XVI y XVII, caracterizado por la «commedia dell'arte» en Italia y Francia, y por las obras que representaban cómicos de la legua, como Lope de Rueda y Molière, más o menos influidas por aquella.

[3] *Tabarín*, célebre charlatán y mimo francés, que atraía a las gentes con sus gracias, desde un tabladillo de la plaza Dauphine, cerca del Puente Nuevo. Murió en 1633.

momento su docta cabalgadura para desarrugar por un instante la frente, siempre cargada de graves pensamientos, al escuchar algún donaire de la alegre farsa, hasta el pícaro hampón, que allí divierte sus ocios horas y horas, engañando al hambre con la risa; y el prelado y la dama de calidad, y el gran señor desde sus carrozas, como[4] la moza alegre y el soldado, y el mercader y el estudiante. Gente de toda condición, que en ningún otro lugar se hubiera reunido, comunicábase allí su regocijo, que muchas veces, más que de la farsa, reía el grave de ver reír al risueño, y el sabio al bobo, y los pobretes de ver reír a los grandes señores, ceñudos de ordinario, y los grandes de ver reír a los pobretes, tranquilizada su conciencia con pensar: ¡también los pobres ríen! Que nada prende tan pronto de unas almas en otras como esta simpatía de la risa. Alguna vez, también subió la farsa a palacios de príncipes, altísimos señores, por humorada de sus dueños, y no fue allí menos libre y despreocupada. Fue de todos y para todos. Del pueblo recogió burlas y malicias y dichos sentenciosos, de esa filosofía del pueblo, que siempre sufre, dulcificada por aquella resignación de los humildes de entonces, que no lo esperaban todo de este mundo, y por eso sabían reírse del mundo sin odio y sin amargura. Ilustró después su plebeyo origen con noble ejecutoria: Lope de Rueda[5], Shakespeare[6], Molière[7], como enamorados príncipes de cuento de hadas, elevaron a Cenicienta al más alto

---

[4] *como*, 'así como'.

[5] *Lope de Rueda*, actor y autor sevillano (1500-65), que recorrió toda España con su compañía teatral. Cervantes elogió sus cualides histriónicas. Escribió comedias al modo noble italiano *(Eufemia, Armelina*, etc.), pero debe su fama a los *pasos*, obritas cómicas de sabor popular, entre las que destacan *La tierra de Jauja, Las aceitunas, El convidado.*

[6] *Shakespeare*, el gran dramaturgo inglés (1564-1616), que fue también actor y empresario teatral.

[7] *Molière*, seudónimo de Jean-Baptiste Poquelin (1622-37), el

trono de la Poesía y el Arte. No presume de tan gloriosa estirpe esta farsa, que, por curiosidad de su espíritu inquieto os presenta un poeta de ahora. Es una farsa *guiñolesca*[8], de asunto disparatado, sin realidad alguna. Pronto veréis cómo cuanto en ella sucede no pudo suceder nunca, que sus personajes no son ni semejan hombres y mujeres, sino muñecos o fantoches de cartón y trapo, con groseros hilos, visibles a poca luz y al más corto de vista. Son las mismas grotescas máscaras de aquella Comedia del Arte italiano, no tan regocijadas como solían, porque han meditado mucho en tanto tiempo. Bien conoce el autor que tan primitivo espectáculo no es el más digno de un culto auditorio de estos tiempos; así, de vuestra cultura tanto como de vuestra bondad se ampara. El autor sólo pide que aniñéis cuanto sea posible vuestro espíritu. El mundo está ya viejo y chochea; el Arte no se resigna a envejecer, y por parecer niño finge balbuceos... Y he aquí cómo estos viejos polichinelas[9] pretenden hoy divertiros con sus niñerías.

Mutación

---

máximo comediógrafo francés, que, como los anteriores, fue intérprete y director de una compañía de teatro.

[8] *guiñolesca*, es decir, propia de títeres o marionetas.

[9] *polichinelas*, nombre genérico que da el autor a sus personajes; Polichinela era el nombre de un personaje habitual de la «commedia dell'arte» italiana.

CUADRO PRIMERO

Plaza de una ciudad. A la derecha, en primer término, fachada de una hostería con puerta practicable[10] y en ella un aldabón. Encima de la puerta un letrero que diga: «Hostería»

ESCENA I

LEANDRO *y* CRISPÍN, *que salen por la segunda izquierda*

LEANDRO Gran ciudad ha de ser esta, Crispín; en todo se advierte su señorío y riqueza.

CRISPÍN Dos ciudades hay. ¡Quiera el cielo que en la mejor hayamos dado!

LEANDRO ¿Dos ciudades dices, Crispín? Ya entiendo: antigua y nueva, una de cada parte del río.

CRISPÍN ¿Qué me importa el río, ni la vejez, ni la novedad? Digo dos ciudades como en toda ciudad del mundo: una para el que llega con dinero, y otra para el que llega como nosotros.

LEANDRO ¡Harto es haber llegado sin tropezar con la justicia! Y bien quisiera detenerme aquí algún tiempo, que ya me cansa tanto correr tierras.

CRISPÍN A mí no, que es condición de los naturales, como yo, del libre reino de Picardía[11], no hacer asiento en parte alguna, si no es forzado y en galeras,

---

[10] *practicable*, 'que puede abrirse para que entren y salgan personajes'.

[11] *Picardía* es una región del norte de Francia, pero el autor no quiere aludir a ella: utiliza su nombre para referirse a los pícaros, súbditos de ese imaginario y libre reino.

que es duro asiento. Pero ya que sobre esta ciudad caímos y es plaza fuerte a lo que se descubre, tracemos como prudentes capitanes nuestro plan de batalla, si hemos de conquistarla con provecho.

LEANDRO ¡Mal pertrechado ejército venimos!

CRISPÍN Hombres somos, y con hombres hemos de vernos.

LEANDRO Por todo caudal, nuestra persona. No quisiste que nos desprendiéramos de estos vestidos, que, malvendiéndolos, hubiéramos podido juntar algún dinero.

CRISPÍN ¡Antes me desprendiera yo de la piel que de un buen vestido! Que nada importa tanto como parecer, según va el mundo, y el vestido es lo que antes parece[12].

LEANDRO ¿Qué hemos de hacer, Crispín? Que el hambre y el cansancio me tienen abatido, y mal discurro.

CRISPÍN Aquí no hay sino valerse del ingenio y de la desvergüenza, que sin ella nada vale el ingenio. Lo que he pensado es que tú has de hablar poco y desabrido, para darte aires de persona de calidad; de vez en cuando te permito que des-

---

[12] «Esta filosofía de Crispín —escribe D. Alonso, *art. cit.*, pág. 1— la había experimentado en sí mismo Juan Tomás, el héroe de Lope [en *El caballero de Illescas*], pues dice que todo lo perdió en el naufragio y que, al verle así —"sin ropa"— le abandonaron sus criados:

> ... todos mis criados
> me dejaron en el puerto
> buscando dueño más cierto.
> ....
> ... viéndome sin ropa
> mudaron de pareceres;
> que criados y mujeres
> corren la fortuna en popa.»

cargues algún golpe sobre mis costillas; a cuantos te pregunten, responde misterioso; y cuando hables por tu cuenta, sea con gravedad, como si sentenciaras. Eres joven, de buena presencia; hasta ahora sólo supiste malgastar tus cualidades; ya es hora de aprovecharse de ellas. Ponte en mis manos, que nada conviene tanto a un hombre como llevar a su lado quien haga notar sus méritos, que en uno mismo la modestia es necedad y la propia alabanza locura, y con las dos se pierde para el mundo. Somos los hombres como mercancía, que valemos más o menos según la habilidad del mercader que nos presenta. Yo te aseguro que, así fueras vidrio, a mi cargo corre que pases por diamante. Y ahora llamemos a esta hostería, que lo primero es acampar a vista de la plaza.

LEANDRO ¿A la hostería dices? ¿Y cómo pagaremos?

CRISPÍN Si por tan poco te acobardas, busquemos un hospital o casa de misericordia, o pidamos limosna, si a lo piadoso nos acogemos; y si a lo bravo, volvamos al camino y salteemos al primer viandante; si a la verdad de nuestros recursos nos atenemos, no son otros nuestros recursos.

LEANDRO Yo traigo cartas de introducción para personas de valimiento en esta ciudad, que podrán socorrernos.

CRISPÍN ¡Rompe luego esas cartas y no pienses en tal bajeza! ¡Presentarnos a nadie como necesitados! ¡Buenas cartas de crédito son esas! Hoy te recibirán con grandes cortesías, te dirán que su casa y tu persona son tuyas, y a la segunda vez que llames a su puerta, ya te dirá el criado que su señor no está en casa ni para en ella; y a otra visita, ni te abrirán la puerta. Mundo es éste de toma y daca, lonja de contratación, casa de cambio, y antes de pedir, ha de ofrecerse.

LEANDRO ¿Y qué podré ofrecer yo, si nada tengo?

CRISPÍN ¡En qué poco te estimas! Pues qué, un hombre por sí, ¿nada vale? Un hombre puede ser soldado, y con su valor decidir una victoria; puede ser galán o marido, y con dulce medicina curar a alguna dama de calidad o doncella de buen linaje que se sienta morir de melancolía; puede ser criado de algún señor poderoso que se aficione de él y le eleve hasta su privanza, y tantas cosas más que no he de enumerarte. Para subir, cualquier escalón es bueno.

LEANDRO ¿Y si aun ese escalón me falta?

CRISPÍN Yo te ofrezco mis espaldas para encumbrarte. Tú te verás en alto.

LEANDRO ¿Y si los dos damos en tierra?

CRISPÍN Que ella nos sea leve. *(Llamando a la hostería con el aldabón.)* ¡Ah de la hostería! ¡Hola, digo! ¡Hostelero o demonio! ¿Nadie responde? ¿Qué casa es esta?

LEANDRO ¿Por qué esas voces, si apenas llamaste?

CRISPÍN ¡Porque es ruindad hacer esperar de ese modo! *(Vuelve a llamar más fuerte.)* ¡Ah de la gente! ¡Ah de la casa! ¡Ah de todos los diablos!

HOSTELERO *(Dentro.)* ¿Quién va? ¿Qué voces y qué modos son estos? No hará tanto que esperan.

CRISPÍN ¡Ya fue mucho! Y bien nos informaron que es ésta muy ruin posada para gente noble.

ESCENA II

DICHOS, *el* HOSTELERO *y dos mozos que salen de la hostería*

HOSTELERO *(Saliendo.)* Poco a poco, que no es posada, sino hospedería, y muy grandes señores han pasado por ella.

CRISPÍN Quisiera yo ver a esos que llamáis grandes señores. Gentecilla de poco más o menos. Bien se advierte en esos mozos, que no saben conocer a las personas de calidad, y se están ahí como pasmarotes sin atender a nuestro servicio.

HOSTELERO ¡Por vida que sois impertinente!

LEANDRO Este criado mío siempre ha de extremar su celo. Buena es vuestra posada para el poco tiempo que he de parar en ella. Disponed luego un aposento para mí y otro para este criado, y ahorremos palabras.

HOSTELERO Perdonad, señor; si antes hubierais hablado... Siempre los señores han de ser más comedidos que sus criados.

CRISPÍN Es que este buen señor mío a todo se acomoda; pero yo sé lo que conviene a su servicio, y no he de pasar por cosa mal hecha. Conducidnos ya al aposento.

HOSTELERO ¿No traéis bagaje[13] alguno?

---

[13] *bagaje*, mediante el empleo de este descarnado galicismo, el autor desea conferir lejanía y «prestigio» al diálogo.

CRISPÍN ¿Pensáis que nuestro bagaje es hatillo de soldado o de estudiante para traerlo a mano, ni que mi señor ha de traer aquí ocho carros, que tras nosotros vienen, ni que aquí ha de parar sino el tiempo preciso que conviene al secreto de los servicios que en esta ciudad le están encomendados...?

LEANDRO ¿No callarás? ¿Qué secreto ha de haber contigo? ¡Pues voto a..., que si alguien me descubre por tu hablar sin medida...! *(Le amenaza y le pega con la espada.)*

CRISPÍN ¡Valedme, que me matará! *(Corriendo.)*

HOSTELERO *(Interponiéndose entre* LEANDRO *y* CRISPÍN.*)* ¡Teneos, señor!

LEANDRO Dejad que le castigue, que no hay falta para mí como el hablar sin tino.

HOSTELERO ¡No le castiguéis, señor!

LEANDRO ¡Dejadme, dejadme, que no aprenderá nunca! *(Al ir a pegar a* CRISPÍN, *este se esconde detrás del* HOSTELERO, *quien recibe los golpes.)*

CRISPÍN *(Quejándose.)* ¡Ay, ay, ay!

HOSTELERO ¡Ay, digo yo, que me dio de plano! [14].

LEANDRO *(A* CRISPÍN.*)* Ve a lo que diste lugar: a que este infeliz fuera golpeado. ¡Pídele perdón!

HOSTELERO No es menester. Yo le perdono gustoso. *(A los criados.)* ¿Qué hacéis ahí parados? Disponed los aposentos donde suele parar el embajador de Mantua, y preparad comida para este caballero.

CRISPÍN Dejad que yo les advierta de todo, que cometerán mil torpezas y pagaré yo luego, que mi señor, como veis, no

---

[14] Recurso cómico, típico de la farsa antigua, hábilmente utilizado por nuestro autor.

perdona falta... Soy con vosotros, muchachos... Y tened en cuenta a quien servís, que la mayor fortuna o la mayor desdicha os entró por las puertas. *(Entran los criados y* CRISPÍN *en la hostería.)*

HOSTELERO *(A* LEANDRO.*)* ¿Y podéis decirme vuestro nombre, de dónde venís, y a qué propósito...?

LEANDRO *(Al ver salir a* CRISPÍN *de la hostería.)* Mi criado os lo dirá... Y aprended a no importunarme con preguntas... *(Entra en la hostería.)*

CRISPÍN ¡Buena la hicisteis! ¿Atreverse a preguntar a mi señor? Si os importa tenerle una hora siquiera en vuestra casa, no volváis a dirigirle la palabra.

HOSTELERO Sabed que hay ordenanzas muy severas que así lo disponen.

CRISPÍN ¡Veníos con ordenanzas a mi señor! ¡Callad, callad, que no sabéis a quién tenéis en vuestra casa, y si lo supierais no diríais tantas impertinencias!

HOSTELERO Pero, ¿no he de saber siquiera...?

CRISPÍN ¡Voto a..., que llamaré a mi señor y él os dirá lo que conviene, si no lo entendisteis! ¡Cuidad de que nada le falte y atendedle con vuestros cinco sentidos, que bien puede pesaros! ¿No sabéis conocer a las personas? ¿No visteis ya quién es mi señor? ¿Qué replicáis? ¡Vamos ya! *(Entra en la hostería empujando al* HOSTELERO.*)*

ESCENA III

ARLEQUÍN *y el* CAPITÁN, *que salen por la segunda izquierda*

ARLEQUÍN   Vagando por los campos que rodean esta ciudad, lo mejor de ella sin duda alguna, creo que sin pensarlo hemos venido a dar frente a la hostería. ¡Animal de costumbres es el hombre! ¡Y dura costumbre la de alimentarse cada día!

CAPITÁN   ¡La dulce música de vuestros versos me distrajo de mis pensamientos! ¡Amable privilegio de los poetas!

ARLEQUÍN   ¡Que no les impide carecer de todo! Con temor llego a la hostería. ¿Consentirán hoy en fiarnos? ¡Válgame vuestra espada!

CAPITÁN   ¿Mi espada? Mi espada de soldado, como vuestro plectro de poeta, nada valen en esta ciudad de mercaderes y negociantes... ¡Triste condición es la nuestra!

ARLEQUÍN   Bien decís. No la sublime poesía, que sólo canta de nobles y elevados asuntos; ya ni sirve poner el ingenio a las plantas de los poderosos para elogiarlos o satirizarlos[15]; alabanzas o diatribas no tienen valor para ellos; ni agradecen las unas ni temen las otras. El propio Aretino[16] hubiera muerto de hambre en estos tiempos.

---

[15] El sentido de estas frases, expresado con alguna confusión gramatical, es este: 'no sólo no se estima la poesía noble, sino que tampoco se valora la que sirve de halago o de vituperio a los poderosos'.

[16] *Aretino* (1492-1556), escritor italiano que puso muchas veces

CAPITÁN ¿Y nosotros, decidme? Porque fuimos vencidos en las últimas guerras, más que por el enemigo poderoso, por esos indignos traficantes que nos gobiernan y nos enviaron a defender sus intereses sin fuerza y sin entusiasmo, porque nadie combate con fe por lo que no estima; ellos, que no dieron uno de los suyos para soldado ni soltaron moneda sino a buen interés y a mejor cuenta, y apenas temieron verla perdida amenazaron con hacer causa con el enemigo, ahora nos culpan a nosotros y nos maltratan y nos menosprecian, y quisieran ahorrarse la mísera soldada con que creen pagarnos, y de muy buena gana nos despedirían si no temieran que un día todos los oprimidos por sus maldades y tiranías se levantarán contra ellos. ¡Pobres de ellos si ese día nos acordamos de qué parte están la razón y la justicia!

ARLEQUÍN Si así fuera..., ese día me tendréis a vuestro lado.

CAPITÁN Con los poetas no hay que contar para nada, que es vuestro espíritu como el ópalo, que a cada luz hace diversos visos. Hoy os apasionáis por lo que nace y mañana por lo que muere; pero más inclinados sois a enamoraros de todo lo ruinoso por melancólico. Y como sois por lo regular poco madrugadores, más veces visteis morir el sol que amanecer el día, y más sabéis de sus ocasos que de sus auroras.

ARLEQUÍN No lo diréis por mí, que he visto amanecer muchas veces cuando no tenía

_____

su agudo ingenio al servicio de la maledicencia o el elogio bien pagados.

dónde acostarme. ¿Y cómo queríais que cantara al día, alegre como alondra, si amanecía tan triste para mí? ¿Os decidís a probar fortuna?

CAPITÁN ¡Qué remedio! Sentémonos, y sea lo que disponga nuestro buen hostelero.

ARLEQUÍN ¡Hola! ¡Eh! ¿Quién sirve? *(Llamando en la hostería.)*

ESCENA IV

DICHOS, *el* HOSTELERO. *Después los* MOZOS, LEANDRO *y* CRISPÍN, *que salen a su tiempo de la hostería*

HOSTELERO ¡Ah caballeros! ¿Sois vosotros? Mucho lo siento, pero hoy no puedo servir a nadie en mi hostería.

CAPITÁN ¿Y por qué causa, si puede saberse?

HOSTELERO ¡Lindo desahogo es el vuestro en preguntarlo! ¿Pensáis que a mí me fía nadie lo que en mi casa se gasta?

CAPITÁN ¡Ah! ¿Es ese el motivo? ¿Y no somos personas de crédito a quien[17] puede fiarse?

HOSTELERO Para mí, no. Y como nunca pensé cobrar, para favor ya fue bastante; conque así, hagan merced de no volver por mi casa.

ARLEQUÍN ¿Creéis que todo es dinero en este bajo mundo? ¿Contáis por nada las ponderaciones que de vuestra casa hicimos en todas partes? ¡Hasta un soneto os tengo dedicado y en él celebro vuestras perdices estofadas y vuestros pasteles de liebre…! Y en cuanto al señor capitán, tened por

---

[17] Uso arcaico de *quien*, no concordado con su antecedente *personas*. Hoy diríamos *a quienes*.

seguro que él solo sostendrá contra un ejército el buen nombre de vuestra casa. ¿Nada vale esto? ¡Todo ha de ser moneda contante en el mundo!

HOSTELERO ¡No estoy para burlas! No he menester de vuestros sonetos ni de la espada del señor capitán, que mejor pudiera emplearla.

CAPITÁN ¡Voto a..., que sí la emplearé escarmentando a un pícaro! *(Amenazándole y pegándole con la espada.)*

HOSTELERO *(Gritando.)* ¿Qué es esto? ¿Contra mí? ¡Favor! ¡Justicia!

ARLEQUÍN *(Conteniendo al* CAPITÁN.*)* ¡No os perdáis por tan ruin sujeto!

CAPITÁN He de matarle. *(Pegándole.)*

HOSTELERO ¡Favor! ¡Justicia!

MOZOS *(Saliendo de la hostería.)* ¡Que matan a nuestro amo!

HOSTELERO ¡Socorredme!

CAPITÁN ¡No dejaré uno!

HOSTELERO ¿No vendrá nadie?

LEANDRO *(Saliendo con* CRISPÍN.*)* ¿Qué alboroto es este?

CRISPÍN ¿En lugar donde mi señor se hospeda? ¿No hay sosiego posible en vuestra casa? Yo traeré a la justicia, que pondrá orden en ello.

HOSTELERO ¡Esto ha de ser mi ruina! ¡Con tan gran señor en mi casa!

ARLEQUÍN ¿Quién es él?

HOSTELERO ¡No oséis preguntarlo!

CAPITÁN Perdonad, señor, si turbamos vuestro reposo; pero este ruin hostelero...

HOSTELERO No fue mía la culpa, señor, sino de estos desvergonzados...

CAPITÁN ¿A mí desvergonzado? ¡No miraré nada...!

CRISPÍN   ¡Alto, señor capitán, que aquí tenéis quien satisfaga vuestros agravios, si los tenéis de este hombre!

HOSTELERO   Figuraos que ha más de un mes que comen a mi costa sin soltar blanca, y porque me negué hoy a servirles se vuelven contra mí.

ARLEQUÍN   Yo no, que todo lo llevo con paciencia.

CAPITÁN   ¿Y es razón que a un soldado no se le haga crédito?

ARLEQUÍN   ¿Y es razón que en nada se estime un soneto con estrambote que compuse a sus perdices estofadas y a sus pasteles de liebre...? Todo por fe, que no los probé nunca, sino carnero y potajes.

CRISPÍN   Estos dos nobles señores dicen muy bien, y es indignidad tratar de ese modo a un poeta y a un soldado.

ARLEQUÍN   ¡Ah señor, sois un alma grande!

CRISPÍN   Yo no. Mi señor, aquí presente; que, como tan gran señor[18], nada hay para él en el mundo como un poeta y un soldado.

LEANDRO   Cierto.

CRISPÍN   Y estad seguros de que, mientras él pare en esta ciudad, no habéis de carecer de nada, y cuanto gasto hagáis aquí, corre de su cuenta.

LEANDRO   Cierto.

CRISPÍN   ¡Y mírese mucho el hostelero en trataros como corresponde!

HOSTELERO   ¡Señor!

CRISPÍN   Y no seáis tan avaro de vuestras perdices ni de vuestras empanadas de gato, que no es razón que un poeta como el

---

[18] La elipsis de este inciso *(como [es] tan gran señor)* produce un anacoluto en el fragmento, de indudable eficacia coloquial.

señor Arlequín hable por sueño de cosas tan palpables...

ARLEQUÍN ¿Conocéis mi nombre?

CRISPÍN Yo no; pero mi señor, como tan gran señor conoce a cuantos poetas existen y existieron, siempre que sean dignos de ese nombre.

LEANDRO Cierto.

CRISPÍN Y ninguno tan grande como vos, señor Arlequín; y cada vez que pienso que aquí no se os ha guardado el respeto que merecéis...

HOSTELERO Perdonad, señor. Yo les serviré como mandáis, y basta que seáis su fiador...

CAPITÁN Señor, si en algo puedo serviros...

CRISPÍN ¿Es poco servicio el conoceros? ¡Glorioso capitán, digno de ser cantado por este solo poeta...!

ARLEQUÍN ¡Señor!

CAPITÁN ¡Señor!

ARLEQUÍN ¿Y os son conocidos mis versos?

CRISPÍN ¿Como conocidos? ¡Olvidados los tengo! ¿No es vuestro aquel soneto admirable que empieza: «La dulce mano que acaricia y mata...?»

ARLEQUÍN ¿Cómo decís?

CRISPÍN «La dulce mano que acaricia y mata.»

ARLEQUÍN ¿Ese decís? No, no es mío ese soneto.

CRISPÍN Pues merece ser vuestro. Y de vos, capitán, ¿quién no conoce las hazañas? ¿No fuisteis el que sólo con veinte hombres asaltó el castillo de las Peñas Rojas, en la famosa batalla de los Campos Negros?

CAPITÁN ¿Sabéis...?

CRISPÍN ¿Cómo si sabemos? ¡Oh! ¡Cuántas veces se lo oí referir a mi señor entusiasmado! Veinte hombre, veinte, y vos delante, y desde el castillo..., ¡bum!, ¡bum!, ¡bum!, disparos y bombardas y pez hirviente, y demonios encendidos... ¡Y los veinte hombres como un solo hombre y vos delante! Y los de arriba..., ¡bum!, ¡bum!, ¡bum! Y los tambores..., ¡ran, rataplán, plan! Y los clarines..., ¡tararí, tararí, tararí...! Y vosotros sólo con vuestra espada y vos sin espada..., ¡ris, ris, ris!, golpe aquí, golpe allí..., una cabeza, un brazo... *(Empieza a golpes con la espada, dándoles de plano al* HOSTELERO *y a los* MOZOS.*)*

MOZO ¡Ay, ay!

HOSTELERO ¡Téngase, que se apasiona como si pasara!

CRISPÍN ¿Cómo si me apasiono? Siempre sentí yo el *animus belli.*

CAPITÁN No parece sino que os hallasteis presente.

CRISPÍN Oírselo referir a mi señor es como verlo, mejor que verlo. ¡Y a un soldado así, al héroe de las Peñas Rojas en los Campos Negros, se le trata de esa manera...! ¡Ah! Gran suerte fue que mi señor se hallase presente, y que negocios de importancia le hayan traído a esta ciudad, donde él hará que se os trate con respeto, como merecéis... ¡Un poeta tan alto, un tan gran capitán! *(A los* MOZOS.*)* ¡Pronto! ¿Qué hacéis ahí como estafermos? Servidles de lo mejor que haya en vuestra casa, y ante todo una botella del mejor vino, que mi señor quiere beber con estos caballeros, y lo tendrá a gloria... ¿Qué hacéis ahí? ¡Pronto!

HOSTELERO ¡Voy, voy! ¡No he librado de mala! *(Se va con los* MOZOS *a la hostería.)*

ARLEQUÍN ¡Ah, señor! ¿Cómo agradeceros...?

CAPITÁN ¿Cómo pagaros?

CRISPÍN ¡Nadie hable aquí de pagar, que es palabra que ofende! Sentaos, sentaos, que para mi señor, que a tantos príncipes y grandes ha sentado a su mesa, será el mayor orgullo.

LEANDRO Cierto.

CRISPÍN Mi señor no es de muchas palabras; pero, como veis, esas pocas son otras tantas sentencias llenas de sabiduría.

ARLEQUÍN En todo muestra su grandeza.

CAPITÁN No sabéis cómo conforta nuestro abatido espíritu hallar un gran señor como vos, que así nos considera.

CRISPÍN Esto no es nada, que yo sé que mi señor no se contenta con tan poco y será capaz de llevaros consigo y colocaros en tan alto estado...

LEANDRO *(Aparte a* CRISPÍN.*)* No te alargues en palabras, Crispín...

CRISPÍN Mi señor no gusta de palabras, pero ya le conoceréis por las obras.

HOSTELERO *(Saliendo con los* MOZOS, *que traen las viandas y ponen la mesa.)* Aquí está el vino..., y la comida.

CRISPÍN ¡Beban, beban y coman y no se priven de nada, que mi señor corre con todo, y si algo os falta, no dudéis en decirlo, que mi señor pondrá orden en ello, que el hostelero es dado a descuidarse!

HOSTELERO No, por cierto; pero comprenderéis...

CRISPÍN No digáis palabra, que diréis una impertinencia.

CAPITÁN ¡A vuestra salud!

LEANDRO ¡A la vuestra, señores! ¡Por el más grande poeta y el mejor soldado!

ARLEQUÍN ¡Por el más noble señor!

CAPITÁN ¡Por el más generoso!

CRISPÍN Y yo también he de beber, aunque sea atrevimiento. Por este día grande entre todos que juntó al más alto poeta, al más valiente capitán, al más noble señor y al más leal criado... Y permitid que mi señor se despida, que los negocios que le traen a esta ciudad no admiten demora.

LEANDRO Cierto.

CRISPÍN ¿No faltaréis a presentarle vuestros respetos cada día?

ARLEQUÍN Y a cada hora; y he de juntar a todos los músicos y poetas de mi amistad para festejarle con músicas y canciones.

CAPITÁN Y yo he de traer a toda mi compañía con antorchas y luminarias.

LEANDRO Ofenderéis mi modestia...

CRISPÍN Y ahora comed, bebed... ¡Pronto! Servid a estos señores... *(Aparte al* CAPITÁN.*)* Entre nosotros..., ¿estaréis sin blanca?

CAPITÁN ¿Qué hemos de deciros?

CRISPÍN ¡No digáis más! *(Al* HOSTELERO.*)* ¡Eh! ¡Aquí! Entregaréis a estos caballeros cuarenta o cincuenta escudos por encargo de mi señor y de parte suya... ¡No dejéis de cumplir sus órdenes!

HOSTELERO ¡Descuidad! ¿Cuarenta o cincuenta, decís?

CRISPÍN Poned sesenta... ¡Caballeros, salud!

CAPITÁN ¡Viva el más grande caballero!

ARLEQUÍN ¡Viva!

CRISPÍN ¡Decid «¡viva!» también vosotros, gente incivil!

HOST. Y MO. ¡Viva!

CRISPÍN ¡Viva el más alto poeta y el mayor soldado!

TODOS ¡Viva!

LEANDRO *(Aparte a* CRISPÍN.*)* ¿Qué locuras son estas, Crispín, y cómo saldremos de ellas?

CRISPÍN Como entramos[19]. Ya lo ves; la poesía y las armas son nuestras... ¡Adelante! ¡Sigamos la conquista del mundo! *(Todos se hacen saludos y reverencias, y* LEANDRO *y* CRISPÍN *se van por la segunda*[20] *izquierda. El* CAPITÁN *y* ARLEQUÍN *se disponen a comer los asados que les han preparado el* HOSTELERO *y los* MOZOS *que los sirven.)*

Mutación[21]

CUADRO SEGUNDO

Jardín con fachada de un pabellón, con puerta practicable en primer término izquierda. Es de noche.

ESCENA I

DOÑA SIRENA *y* COLOMBINA, *saliendo del pabellón*

SIRENA ¿No hay para perder el juicio, Colombina? ¡Que una dama se vea en trance tan afrentoso por gente baja y desco-

---

[19] También en *El caballero de Illescas* —cfr. D. Alonso, *art. cit.*, págs. 10-11— Juan Tomás ordena que den doscientos escudos de propina a un paje, para que se difunda por Nápoles la fama de su liberalidad y riqueza. Y el falso caballero, en un monólogo que sigue a ese acto de espléndida estafa, se debate entre el temor y la necesidad de haberla cometido, para seguir adelante con sus planes. Temor y cinismo que, en este final de cuadro, se reparten Leandro y Crispín.

[20] *segunda*, el segundo acceso al escenario, a contar desde la embocadura.

[21] *Mutación*, 'cambio de decorado, sin dar las luces de la sala'; puede tener lugar con el telón bajado o no.

COLOMBINA   medida! ¿Cómo te atreviste a volver a mi presencia con tales razones?

COLOMBINA ¿Y no habíais de saberlo?

SIRENA ¡Morir me estaría mejor! ¿Y todos te dijeron lo mismo?

COLOMBINA Uno por uno, como lo oísteis... El sastre, que no os enviará el vestido mientras no le paguéis todo lo adeudado.

SIRENA ¡El insolente! ¡El salteador de caminos! ¡Cuando es él quien me debe todo su crédito en esta ciudad, que hasta emplearlo yo en el atavío de mi persona no supo lo que era vestir damas!

COLOMBINA Y los cocineros y los músicos y los criados, todos dijeron lo mismo: que no servirán esta noche en la fiesta si no les pagáis por adelantado.

SIRENA ¡Los sayones! ¡Los forajidos! ¡Cuándo se vio tanta insolencia en gente nacida para servirnos! ¿Es que ya no se paga más que con dinero? ¿Es que ya sólo se estima el dinero en el mundo? ¡Triste de la que se ve como yo, sin el amparo de un marido, ni de parientes, ni de allegados masculinos...! Que una mujer sola nada vale en el mundo, por noble y virtuosa que sea. ¡Oh tiempos de perdición! ¡Tiempos de Apocalipsis! ¡El Anticristo debe ser llegado!

COLOMBINA Nunca os vi tan apocada. Os desconozco. De mayores apuros supisteis salir adelante.

SIRENA Eran otros tiempos, Colombina. Contaba yo entonces con mi juventud y con mi belleza como poderosos aliados. Príncipes y grandes señores rendíanse a mis plantas.

COLOMBINA En cambio, no sería tanta vuestra experiencia y conocimiento del mundo como ahora. Y en cuanto a vuestra belleza, nunca estuvo tan a su punto, podéis creerlo.

SIRENA ¡Deja lisonjas! ¡Cuándo me vería yo de este modo si fuera doña Sirena de mis veinte!

COLOMBINA ¿Años queréis decir?

SIRENA Pues, ¿qué pensaste? ¡Y qué diré de ti, que aún no los cumpliste y no sabes aprovecharlo! ¡Nunca lo creyera, cuando al verme tan sola, de criada, te adopté por sobrina! ¡Si en vez de malograr tu juventud enamorándote de ese Arlequín, ese poeta que nada puede ofrecer sino versos y músicas, supieras emplearte mejor, no nos veríamos en tan triste caso!

COLOMBINA ¿Qué queréis? Aún soy demasiado joven para resignarme a ser amada y no corresponder. Y si he de adiestrarme en hacer padecer por mi amor, necesito saber antes cómo se padece cuando se ama. Yo sabré desquitarme. Aún no cumplí los veinte años. No me creáis con tan poco juicio que piense casarme con Arlequín.

SIRENA No me fío de ti, que eres muy caprichosa y siempre te dejaste llevar de la fantasía. Pero pensemos en lo que ahora importa. ¿Qué haremos en tan gran apuro? No tardarán en acudir mis convidados, todas personas de calidad y de importancia, y entre ellas el señor Polichinela con su esposa y su hija, que por muchas razones me importan más que todos. Ya sabes cómo frecuentan esta casa algunos caballeros nobilísimos, pero, como yo, harto deslucidos en su nobleza, por falta de dinero. Para cualquiera de ellos, la hija del señor Polichinela, con su riquísima dote y el gran caudal que ha de heredar a la muerte de su padre, puede ser un partido muy ventajoso. Muchos son los que la pretenden. En favor de todos ellos interpongo yo mi buena amistad con el señor Polichinela y su esposa. Cualquiera que sea el favorecido, yo sé que ha de corresponder con largueza a mis buenos oficios, que de todos me hice firmar una obligación para asegurarme. Ya no me quedan otros medios que estas mediaciones para reponer en algo mi patrimonio; si, de camino, algún rico comerciante o mercader se prendara de ti..., ¿quién sabe? ¡Aún podría ser esta casa lo que fue en otro tiempo! Pero si esta noche la insolencia de esa gente trasciende, si no puedo ofrecer la fiesta... ¡No quiero pensarlo..., que será mi ruina!

COLOMBINA   No paséis cuidado. Con qué agasajarlos no ha de faltar. Y en cuanto a músicos y a criados, el señor Arlequín, que por algo es poeta y para algo está enamorado de mí, sabrá improvisarlo todo. Él conoce a muchos truhanes de buen humor que han de prestarse a todo. Ya veréis, no faltará nada, y vuestros convidados dirán que no asistieron en su vida a tan maravillosa fiesta.

SIRENA   ¡Ay, Colombina! Si esto fuera, ¡cuánto ganarías en mi afecto! Corre en busca de tu poeta... No hay que perder tiempo.

COLOMBINA ¿Mi poeta? Del otro lado de estos jardines pasea, de seguro, aguardando una seña mía...

SIRENA No será bien que asista a vuestra entrevista, que yo no debo rebajarme en solicitar tales favores... A tu cargo lo dejo. ¡Que nada falte para la fiesta, y yo sabré recompensar a todos; que esta estrechez angustiosa de ahora no puede durar siempre..., o no sería yo doña Sirena!

COLOMBINA Todo se compondrá. Id descuidada. *(Vase* DOÑA SIRENA *por el pabellón.)*

ESCENA II

COLOMBINA. *Después* CRISPÍN, *que sale por la segunda derecha*

COLOMBINA *(Dirigiéndose a la segunda derecha y llamando.)* ¡Arlequín! ¡Arlequín! *(Al ver salir a* CRISPÍN.*)* ¡No es él!

CRISPÍN No temáis, hermosa Colombina, amada del más soberano ingenio, que, por ser raro poeta en todo, no quiso extremar en sus versos las ponderaciones de vuestra belleza. Si de lo vivo a lo pintado fue siempre diferencia, es toda en esta ocasión ventaja de lo vivo, ¡con ser tal la pintura!

COLOMBINA Y vos, ¿sois también poeta, o sólo cortesano y lisonjero?

CRISPÍN Soy el mejor amigo de vuestro enamorado Arlequín, aunque sólo de hoy le conozco, pero tales pruebas tuvo de mi amistad en tan corto tiempo. Mi mayor deseo fue el de saludaros, y el

señor Arlequín no anduviera tan discreto en complacerme a no fiar tanto de
mi amistad, que, sin ella, fuera ponerme
a riesgo de amaros sólo con haberme
puesto en ocasión de veros.

COLOMBINA El señor Arlequín fiaba tanto en el amor
que le tengo como en la amistad que
le tenéis. No pongáis todo el mérito de
vuestra parte, que es tan necia presunción
perdonar la vida a los hombres como el
corazón a las mujeres.

CRISPÍN Ahora advierto que no sois tan peli-
grosa al que os ve como al que llega a
escucharos.

COLOMBINA Permitid; pero antes de la fiesta pre-
parada para esta noche he de hablar
con el señor Arlequín, y...

CRISPÍN No es preciso. A eso vine, enviado de
su parte y de parte de mi señor, que
os besa las manos.

COLOMBINA ¿Y quién es vuestro señor, si puede
sáberse?

CRISPÍN El más noble caballero, el más poderoso... Permitid que por ahora calle
su nombre; pronto habréis de conocerle. Mi señor desea saludar a doña
Sirena y asistir a su fiesta esta noche.

COLOMBINA ¡La fiesta! ¿No sabéis...?

CRISPÍN Lo sé. Mi deber es averiguarlo todo.
Sé que hubo inconvenientes que pudie-
ron estorbarla; pero no habrá ninguno:
todo está preparado.

COLOMBINA ¿Cómo sabéis...?

CRISPÍN Yo os aseguro que no faltará nada.
Suntuoso agasajo, luminarias y fuegos
de artificio, músicos y cantores. Será
la más lucida fiesta del mundo...

COLOMBINA ¿Sois algún encantador, por ventura?

CRISPÍN   Ya me iréis conociendo. Sólo diré que por algo juntó hoy el destino a gente de tan buen entendimiento, incapaz de malograrlo con vanos escrúpulos. Mi señor sabe que esta noche asistirá a la fiesta el señor Polichinela, con su hija única, la hermosa Silvia, el mejor partido de esta ciudad. Mi señor ha de enamorarla, mi señor ha de casarse con ella y mi señor sabrá pagar como corresponde los buenos oficios de doña Sirena, y los vuestros también si os prestáis a favorecerle.

COLOMBINA   No andáis con rodeos. Debiera ofenderme vuestro atrevimiento.

CRISPÍN   El tiempo apremia y no me dio lugar a ser comedido.

COLOMBINA   Si ha de juzgarse del amo por el criado...

CRISPÍN   No temáis. A mi amo le hallaréis el más cortés y atento caballero. Mi desvergüenza le permite a él mostrarse vergonzoso. Duras necesidades de la vida pueden obligar al más noble caballero a empleos de rufián, como a la más noble dama a bajos oficios, y esta mezcla de ruindad y nobleza en un mismo sujeto desluce con el mundo. Habilidad es mostrar separado en dos sujetos lo que suele andar junto en uno solo. Mi señor y yo, con ser uno mismo, somos cada uno una parte del otro. ¡Si así fuera siempre! Todos llevamos en nosotros un gran señor de altivos pensamientos, capaz de todo lo grande y de todo lo bello. Y a su lado, el servidor humilde, el de las ruines obras, el que ha de emplearse en las bajas acciones a que obliga la vida... Todo el arte está en separarlos de tal modo, que cuando caemos en alguna bajeza podamos decir siempre: no fue mía, no fui yo, fue mi criado. En la mayor miseria de nuestra vida siempre hay algo en nosotros que quiere sentirse superior a nosotros mismos. Nos despreciaríamos demasiado si no creyésemos valer más que nuestra vida... Ya sabéis quién es mi señor: el de los altivos pensamientos, el de los bellos sueños. Ya sabéis quién soy yo: el de los ruines empleos, el que siempre, muy bajo, rastrea y socava entre toda mentira y toda indignidad y toda miseria. Sólo hay algo en mí que me redime y me eleva a mis propios ojos: esta lealtad de mi servidumbre, esta lealtad que se humilla y se arrastra para que otro pueda volar y pueda ser siempre el señor de los altivos pensamientos, el de los bellos sueños. *(Se oye música dentro.)*

COLOMBINA ¿Qué música es esa?

CRISPÍN La que mi señor trae a la fiesta, con todos sus pajes y todos sus criados y toda una corte de poetas y cantores presididos por el señor Arlequín, y toda una legión de soldados, con el capitán al frente, escoltándole con antorchas...

COLOMBINA ¿Quién es vuestro señor, que tanto puede? Corro a prevenir a mi señora...

CRISPÍN No es preciso. Ella acude.

DICHOS *y* DOÑA SIRENA, *que sale por el pabellón*

SIRENA ¿Qué es esto? ¿Quién previno esa música?
¿Qué tropel de gente llega a nuestra
puerta?

COLOMBINA No preguntéis nada. Sabed que hoy llegó
a esta ciudad un gran señor, y es él
quien os ofrece la fiesta de esta noche.
Su criado os informará de todo. Yo aún
no sabré deciros si hablé con un gran
loco o con un gran bribón. De cualquier modo, os aseguro que él es un
hombre extraordinario...

SIRENA ¿Luego no fue Arlequín?

COLOMBINA No preguntéis... Todo es como cosa
de magia...

CRISPÍN Doña Sirena, mi señor os pide licencia
para besaros las manos. Tan alta señora
y tan noble señor no han de entender
en intrigas impropias de su condición.
Por eso, antes que él llegue a saludaros,
yo he de decirlo todo. Yo sé de vuestra
historia mil notables sucesos que, re-
feridos, me asegurarían toda vuestra
confianza... Pero fuera impertinencia
puntualizarlos. Mi amo os asegura aquí
(entregándole un papel), con su firma,
la obligación que ha de cumpliros si
de vuestra parte sabéis cumplir lo que
aquí os propone.

SIRENA ¿Qué papel y qué obligación es esta...?
(Leyendo el papel para sí.) ¡Cómo!
¿Cien mil escudos de presente y otros
tantos a la muerte del señor Polichi-
nela, si llega a casarse con su hija?
¿Qué insolencia es esta? ¿A una dama?

¿Sabéis con quién habláis? ¿Sabéis qué casa es esta?

CRISPÍN Doña Sirena..., ¡excusad la indignación! No hay nadie presente que pueda importaros. Guardad ese papel junto con otros..., y no se hable más del asunto. Mi señor no os propone nada indecoroso, ni vos consentiríais en ello... Cuanto aquí suceda será obra de la casualidad y del amor. Fui yo, el criado, el único que tramó estas cosas indignas. Vos sois siempre la noble dama, mi amo el noble señor, que al encontraros esta noche en la fiesta, hablaréis de mil cosas galantes y delicadas, mientras vuestros convidados pasean y conversan a vuestro alrededor, con admiraciones a la hermosura de las damas, al arte de sus galas, a la esplendidez del agasajo, a la dulzura de la música y a la gracia de los bailarines... ¿Y quién se atreverá a decir que no es esto todo? ¿No es así la vida, una fiesta en que la música sirve para disimular palabras y las palabras para disimular pensamientos? Que la música suene incesante, que la conversación se anime con alegres risas, que la cena esté bien servida..., es todo lo que importa a los convidados. Y ved aquí a mi señor, que llega a saludaros con toda gentileza.

ESCENA IV

DICHOS, LEANDRO, ARLEQUÍN *y el* CAPITÁN, *que salen por la segunda derecha*

LEANDRO Doña Sirena, bésoos las manos.

SIRENA Caballero...

LEANDRO Mi criado os habrá dicho en mi nombre cuanto yo pudiera deciros.

CRISPÍN Mi señor, como persona grave, es de pocas palabras. Su admiración es muda.

ARLEQUÍN Pero sabe admirar sabiamente...

CAPITÁN ...el verdadero mérito...

ARLEQUÍN ...el verdadero valor...

CAPITÁN ...el arte incomparable de la poesía...

ARLEQUÍN ...la noble ciencia militar.

CAPITÁN En todo muestra su grandeza.

ARLEQUÍN Es el más noble caballero del mundo.

CAPITÁN Mi espada siempre estará a su servicio.

ARLEQUÍN He de consagrar a su gloria mi mejor poema.

CRISPÍN Basta, basta, que ofenderéis su natural modestia. Vedle, cómo quisiera ocultarse y desaparecer. Es una violeta.

SIRENA No necesita hablar quien de este modo hace hablar a todos en su alabanza. *(Después de un saludo y reverencia, se va* LEANDRO *con todos por la primera derecha. A* COLOMBINA.*)* ¿Qué piensas de todo esto, Colombina?

COLOMBINA Que el caballero tiene muy gentil figura y el criado muy gentil desvergüenza.

SIRENA Todo puede aprovecharse. Y, o yo no sé nada del mundo ni de los hombres, o la fortuna se entró hoy por mis puertas.

COLOMBINA Pues segura es entonces la fortuna; porque del mundo sabéis algo, y de los hombres, ¡no se diga!

SIRENA   Risela y Laura, que son las primeras
         en llegar...[22].
COLOMBINA ¿Cuándo fueron ellas las últimas en
         llegar a una fiesta? Os dejo en su com-
         pañía, que yo no quiero perder de vista
         a nuestro caballero... *(Vase por la pri-
         mera derecha.)*

ESCENA V

DOÑA SIRENA, LAURA *y* RISELA, *que salen por la segunda
derecha*

SIRENA   ¡Amigas! Ya comenzaba a dolerme de
         vuestra ausencia.
LAURA   Pues, ¿es tan tarde?
SIRENA   Siempre lo es para veros.
RISELA   Otras dos fiestas dejamos por no faltar
         a vuestra casa.
LAURA   Por más, que alguien nos dijo que no
         sería esta noche por hallaros algo in-
         dispuesta.
SIRENA   Sólo por dejar mal a los maldicientes,
         aun muriendo la hubiera tenido.
RISELA   Y nosotras nos hubiéramos muerto y
         no hubiéramos dejado de asistir a ella.
LAURA   ¿No sabéis la novedad?
RISELA   No se habla de otra cosa.
LAURA   Dicen que ha llegado un personaje
         misterioso. Unos dicen que es embaja-
         dor secreto de Venecia o de Francia.
RISELA   Otros dicen que viene a buscar esposa
         para el Gran Turco.
LAURA   Aseguran que es lindo como un Adonis.

---

[22] Se entiende que las ha visto entrar por el jardín, y que están
a punto de aparecer en escena.

RISELA Si nos fuera posible conocerle... Debisteis invitarle a vuestra fiesta.

SIRENA No fue preciso, amigas, que él mismo envió un embajador a pedir licencia para ser recibido. Y en mi casa está y le veréis muy pronto.

LAURA ¿Qué decís? Ved si anduvimos acertadas en dejarlo todo por asistir a vuestra casa.

SIRENA ¡Cuántas nos envidiarán esta noche!

LAURA Todos rabian por conocerle.

SIRENA Pues yo nada hice por lograrlo. Bastó que él supiera que yo tenía fiesta en mi casa.

RISELA Siempre fue lo mismo con vos. No llega persona importante a la ciudad que luego no os ofrezca sus respetos.

LAURA Ya se me tarda en verle... Llevadnos a su presencia, por vuestra vida.

RISELA Sí, sí, llevadnos.

SIRENA Permitid, que llega el señor Polichinela con su familia... Pero id sin mí; no os será difícil hallarle.

RISELA Sí, sí; vamos, Laura.

LAURA Vamos, Risela. Antes de que aumente la confusión y no nos sea posible acercarnos. *(Vanse por la primera derecha.)*

ESCENA VI

DOÑA SIRENA, POLICHINELA, *la* SEÑORA DE POLICHINELA *y* SILVIA, *que salen por la segunda derecha*

SIRENA ¡Oh señor Polichinela! Ya temí que no vendríais. Hasta ahora no comenzó para mí la fiesta.

POLICHINELA No fue culpa mía la tardanza. Fue de

mi mujer, que entre cuarenta vestidos no supo nunca cuál ponerse.

SEÑORA DE POLICHINELA Si por él fuera, me presentaría de cualquier modo... Ved cómo vengo de sofocada por apresurarme.

SIRENA Venís hermosa como nunca.

POLICHINELA Pues aún no trae la mitad de sus joyas. No podría con tanto peso.

SIRENA ¿Y quién mejor puede ufanarse con que su esposa ostente el fruto de una riqueza adquirida con vuestro trabajo?

SEÑORA DE POLICHINELA Pero ¿no es hora ya de disfrutar de ella, como yo le digo, y de tener más nobles aspiraciones? Figuraos que ahora quiere casar a nuestra hija con un negociante.

SIRENA ¡Oh señor Polichinela! Vuestra hija merece mucho más que un negociante. No hay que pensar en ello. No debéis sacrificar su corazón por ningún interés. ¿Qué dices tú, Silvia?

POLICHINELA Ella preferiría algún barbilindo, que, muy a pesar mío, es muy dada a novelas y poesía.

SILVIA Yo haré siempre lo que mi padre ordene, si a mi madre no le contraría y a mí no me disgusta.

SIRENA Eso es hablar con juicio.

SEÑORA DE POLICHINELA Tu padre piensa que sólo el dinero vale y se estima en el mundo.

POLICHINELA Yo pienso que sin dinero no hay cosa que valga ni se estime en el mundo; que es el precio de todo.

SIRENA ¡No habléis así! ¿Y las virtudes, y el saber, y la nobleza?

POLICHINELA Todo tiene su precio, ¿quién lo duda? Nadie mejor que yo lo sabe, que compré mucho de todo eso, y no muy caro.

SIRENA ¡Oh señor Polichinela! Es humorada

vuestra. Bien sabéis que el dinero no es todo, y que si vuestra hija se enamora de algún noble caballero, no sería bien contrariarla. Yo sé que tenéis un sensible corazón de padre.

POLICHINELA Eso sí. Por mi hija sería yo capaz de todo.

SIRENA ¿Hasta de arruinaros?

POLICHINELA Eso no sería una prueba de cariño. Antes sería capaz de robar, de asesinar..., de todo.

SIRENA Ya sé que siempre sabríais rehacer vuestra fortuna. Pero la fiesta se anima. Ven conmigo, Silvia. Para danzar téngote destinado un caballero, que habéis de ser la más lucida pareja... *(Se dirigen todos a la primera derecha. Al ir a salir el* SEÑOR POLICHINELA, CRISPÍN, *que entra por la segunda derecha, le detiene.)*

ESCENA VII

CRISPÍN *y* POLICHINELA

CRISPÍN ¡Señor Polichinela! Con licencia.

POLICHINELA ¿Quién me llama? ¿Qué me queréis?

CRISPÍN ¿No recordáis de mí? No es extraño. El tiempo todo lo borra, y cuando es algo enojoso lo borrado, no deja ni siquiera el borrón como recuerdo, sino que se apresura a pintar sobre él con alegres colores, esos alegres colores con que ocultáis al mundo vuestras jorobas[23]. Señor Polichinela, cuando yo

---

[23] La figura de Polichinela, que carecía de jorobas en la «commedia dell'arte» italiana, recibió en Francia, posteriormente, una en el pecho y otra en la espalda.

os conocí, apenas las cubrían unos descoloridos andrajos.

POLICHINELA ¿Y quién eres tú y dónde pudiste conocerme?

CRISPÍN Yo era un mozuelo, tú eras ya todo un hombre. Pero ¿has olvidado ya tantas gloriosas hazañas por esos mares, tantas victorias ganadas al turco, a que no poco contribuimos con nuestro heroico esfuerzo, unidos los dos al mismo noble remo en la misma gloriosa nave?[24].

POLICHINELA ¡Imprudente! ¡Calla o...!

CRISPÍN O harás conmigo como con tu primer amo en Nápoles, y con tu primera mujer en Bolonia, y con aquel mercader judío en Venecia...

POLICHINELA ¡Calla! ¿Quién eres tú, que tanto sabes y tanto hablas?

CRISPÍN Soy..., lo que fuiste. Y quien llegará a ser lo que eres..., como tú llegaste. No con tanta violencia como tú, porque los tiempos son otros, y ya sólo asesinan los locos y los enamorados, y cuatro pobretes, que aún asaltan a mano armada al transeúnte por calles o caminos solitarios. ¡Carne de horca despreciable!

POLICHINELA ¿Y qué quieres de mí? Dinero, ¿no es eso? Ya nos veremos más despacio. No es este el lugar...

CRISPÍN No tiembles por tu dinero. Sólo deseo ser tu amigo, tu aliado, como en aquellos tiempos.

---

[24] Ambos, pues, remaron como forzados, en castigo de sus crímenes. También el conde Antonio, en *El caballero de Illescas*, detenta una nobleza falsa:

Ah, conde, ayer mercader,
a quien dio hacienda el mar fiero,
y el título dio el dinero.

POLICHINELA ¿Qué puedo hacer por ti?

CRISPÍN No; ahora soy yo quien va a servirte, quien quiere obligarte con una advertencia... *(Haciéndole que mire a la primera derecha.)* ¿Ves allí a tu hija cómo danza con un joven caballero, y cómo sonríe ruborosa al oír sus galanterías? Ese caballero es mi amo.

POLICHINELA ¿Tu amo? Será entonces un aventurero, un hombre de fortuna[25], un bandido como...

CRISPÍN ¿Como nosotros..., vas a decir? No; es más peligroso que nosotros, porque, como ves, su figura es bella, y hay en su mirada un misterio de encanto, y en su voz una dulzura que llega al corazón y le conmueve como si contara una historia triste. ¿No es esto bastante para enamorar a cualquier mujer? No dirás que no te he advertido. Corre y separa a tu hija de ese hombre, y no le permitas que baile con él ni que vuelva a escucharle en su vida.

POLICHINELA ¿Y dices que es tu amo y así le sirves?

CRISPÍN ¿Lo extrañas? ¿Te olvidas ya de cuando fuiste criado? Yo aún no pienso asesinarle.

POLICHINELA Dices bien; un amo es siempre odioso. Y en servirme a mí, ¿qué interés es el tuyo?

CRISPÍN Llegar a un buen puerto, como llegamos tantas veces remando juntos. Entonces, tú me decías alguna vez: «Tú, que eres fuerte, rema por mí...» En esta galera

---

[25] *hombre de fortuna* es 'el que, de humilde origen, llega a poseer riquezas y honores'; Benavente parece emplear esta expresión como sinónima de *caballero de industria*, esto es, 'el que, con apariencia de caballero, vive de la estafa o del engaño'.

de ahora eres tú más fuerte que yo; rema por mí, por el fiel amigo de entonces, que la vida es muy pesada galera y yo llevo remando mucho. *(Vase por la segunda derecha.)*

ESCENA VIII

El SEÑOR POLICHINELA, DOÑA SIRENA, *la* SEÑORA DE POLICHINELA, RISELA *y* LAURA, *que salen por la primera derecha*

LAURA Sólo doña Sirena sabe ofrecer fiestas semejantes.

RISELA Y la de esta noche excedió a todas.

SIRENA La presencia de tan singular caballero fue un nuevo atractivo.

PLICHINELA ¿Y Silvia? ¿Dónde quedó Silvia? ¿Cómo dejaste a nuestra hija?

SIRENA Callad, señor Polichinela, que vuestra hija se halla en excelente compañía, y en mi casa está segura.

RISELA No hubo atenciones más que para ella.

LAURA Para ella es todo el agrado.

RISELA Y todos los suspiros.

POLICHINELA ¿De quién? ¿De ese caballero misterioso? Pues no me contenta. Y ahora mismo…

SIRENA ¡Pero, señor Polichinela…!

POLICHINELA ¡Dejadme, dejadme! Yo sé lo que me hago. *(Vase por la primera derecha.)*

SIRENA ¿Qué le ocurre? ¿Qué destemplanza es esta?

SEÑORA DE POLICHINELA ¿Veis qué hombre? ¡Capaz será de una grosería con el caballero! ¡Que ha de casar a su hija con algún mercader u hombre de baja estofa! ¡Que ha de hacerla desgraciada para toda la vida!

SIRENA ¡Eso no...!; que sois su madre, y algo ha de valer vuestra autoridad...

SEÑORA DE POLICHINELA ¡Ved! Sin duda dijo alguna impertinencia, y el caballero ya deja la mano de Silvia y se retira cabizbajo.

LAURA Y el señor Polichinela parece reprender a vuestra hija...

SIRENA ¡Vamos, vamos! Que no puede consentirse tanta tiranía.

RISELA Ahora vemos, señora Polichinela, que, con todas vuestras riquezas, no sois menos desgraciada.

SEÑORA DE POLICHINELA No lo sabéis, que algunas veces llegó hasta golpearme.

LAURA ¿Qué decís? ¿Y fuisteis mujer para consentirlo?

SEÑORA DE POLICHINELA Luego cree componerlo con traerme algún regalo.

SIRENA ¡Menos mal! Que hay maridos que no lo componen con nada. *(Vanse todas por la primera derecha.)*

ESCENA IX

LEANDRO *y* CRISPÍN, *que salen por la segunda derecha*

CRISPÍN ¿Qué tristeza, qué abatimiento es ese? ¡Con mayor alegría pensé hallarte!

LEANDRO Hasta ahora no me vi perdido; hasta ahora no me importó menos perderme. Huyamos, Crispín; huyamos de esta ciudad antes de que nadie pueda descubrirnos y vengan a saber lo que somos.

CRISPÍN Si huyéramos, es cuando todos lo sabrían y cuando muchos correrían hasta detenernos y hacernos volver a nuestro pesar, que no parece bien ausentarnos con tanta descortesía, sin despedirnos de gente tan atenta.

LEANDRO No te burles, Crispín, que estoy desesperado.

CRISPÍN ¡Así eres! Cuando nuestras esperanzas llevan mejor camino.

LEANDRO ¿Qué puedo esperar? Quisiste que fingiera un amor, y mal sabré fingirlo.

CRISPÍN ¿Por qué?

LEANDRO Porque amo, amo con toda verdad y con toda mi alma.

CRISPÍN ¿A Silvia? ¿Y de eso te lamentas?

LEANDRO ¡Nunca pensé que pudiera amarse de este modo! ¡Nunca pensé que yo pudiera amar! En mi vida errante por todos los caminos, no fui siquiera el que siempre pasa, sino el que siempre huye, enemiga la tierra, enemigos los hombres, enemiga la luz del sol. La fruta del camino, hurtada, no ofrecida, dejó acaso en mis labios algún sabor de amores, y alguna vez, después de muchos días azarosos, en el descanso de una noche, la serenidad del cielo me hizo soñar con algo que fuera en mi vida como aquel cielo de la noche que traía a mi alma el reposo de su serenidad. Y así, esta noche, el encanto de la fiesta..., me pareció que era un descanso en mi vida..., y soñaba... ¡He soñado! Pero mañana será otra vez la huida azarosa, será la justicia que nos persigue..., y no quiero que me halle aquí, donde está ella, donde ella puede avergonzarse de haberme visto.

CRISPÍN Yo creí que eras acogido con agrado... Y no fui yo solo en advertirlo. Doña Sirena y nuestros buenos amigos el capitán y el poeta le hicieron de ti los mayores elogios. A su excelente madre, la señora Polichinela, que sólo sueña emparentar con un noble, le pareciste el yerno de sus ilusiones. En cuanto al señor Polichinela...

LEANDRO Sospecha de nosotros... Nos conoce...

CRISPÍN Sí, al señor Polichinela no es fácil engañarle como a un hombre vulgar. A un zorro viejo como él, hay que engañarle con lealtad. Por eso me pareció mejor medio prevenirle de todo.

LEANDRO ¿Cómo?

CRISPÍN Sí; él me conoce de antiguo... Al decirle que tú eres mi amo, supuso, con razón, que el amo sería digno del criado. Y yo, por corresponder a su confianza, le advertí que de ningún modo consintiera que hablaras con su hija.

LEANDRO ¿Eso hiciste? ¿Y qué puedo esperar?

CRISPÍN ¡Necio eres! Que el señor Polichinela ponga todo su empeño en que no vuelvas a ver a su hija.

LEANDRO ¡No lo entiendo!

CRISPÍN Y que de este modo sea nuestro mejor aliado, porque bastará que él se oponga, para que su mujer le lleve la contraria y su hija se enamore de ti más locamente. Tú no sabes lo que es una joven, hija de un padre rico, criada en el mayor regalo, cuando ve por primera vez en su vida que algo se opone a su voluntad. Estoy seguro de que esta misma noche, antes de terminar la fiesta, consigue burlar la vigilancia de su padre para hablar todavía contigo.

LEANDRO Pero ¿no ves que nada me importa del señor Polichinela ni del mundo entero? Que es a ella, sólo a ella, a quien yo no quiero parecer indigno y despreciable..., a quien yo no quiero mentir.

CRISPÍN ¡Bah! ¡Deja locuras! No es posible retroceder. Piensa en la suerte que nos espera si vacilamos en seguir adelante. ¿Qué te has enamorado? Ese amor verdadero nos servirá mejor que si fuera fingido. Tal vez de otro modo hubieras querido ir demasiado deprisa; y si la osadía y la insolencia convienen para todo, sólo en amor sienta bien a los hombres algo de timidez. La timidez del hombre hace ser más atrevidas a las mujeres. Y si lo dudas, aquí tienes a la inocente Silvia, que llega con el mayor sigilo, y sólo espera para acercarse a ti que yo me retire o me esconda.

LEANDRO ¿Silvia dices?

CRISPÍN ¡Chito! ¡Que pudiera espantarse! Y cuando esté a tu lado, mucha discreción..., pocas palabras, pocas... Adora, contempla, admira, y deja que hable por ti el encanto de esta noche azul, propicia a los amores, y esa música que apaga sus sones entre la arboleda, y llega como triste de la alegría de la fiesta.

LEANDRO No te burles, Crispín; ni te burles de este amor que será mi muerte.

CRISPÍN ¿Por qué he de burlarme? Yo sé bien que no conviene siempre rastrear. Alguna vez hay que volar por el cielo para mejor dominar la tierra. Vuela tú ahora; yo sigo arrastrándome. ¡El mundo será nuestro! *(Vase por la segunda izquierda.)*

ESCENA X

LEANDRO y SILVIA *que sale por la primera derecha. Al final,* CRISPÍN

LEANDRO ¡Silvia!

SILVIA ¿Sois vos? Perdonad; no creí hallaros aquí.

LEANDRO Huí de la fiesta. Su alegría me entristece.

SILVIA ¿También a vos?

LEANDRO ¿También, decís? ¡También os entristece la alegría...!

SILVIA Mi padre se ha enojado conmigo. ¡Nunca me habló de este modo! Y con vos también estuvo desatento. ¿Le perdonáis?

LEANDRO Sí; lo perdono todo. Pero no le enojéis por mi causa. Volved a la fiesta, que han de buscaros, y si os hallaran aquí a mi lado...

SILVIA Tenéis razón. Pero volved vos también. ¿Por qué habéis de estar triste?

LEANDRO No; yo saldré sin que nadie lo advierta... Debo ir muy lejos.

SILVIA ¿Qué decís? ¿No os trajeron asuntos de importancia a esta ciudad? ¿No debíais permanecer aquí mucho tiempo?

LEANDRO ¡No, no! ¡Ni un día más! ¡Ni un día más!

SILVIA Entonces... ¿me habéis mentido?

LEANDRO ¡Mentir!... No... No digáis que he mentido. No; esta es la única verdad de mi vida... ¡Este sueño que no debe tener despertar! *(Se oye a lo lejos la música de una canción hasta que cae el telón.)*

SILVIA Es Arlequín que canta... ¿Qué os sucede? ¿Lloráis? ¿Es la música la que os hace llorar? ¿Por qué no decirme vuestra tristeza?

LEANDRO ¿Mi tristeza? Ya la dice esa canción. Escuchadla.

SILVIA Desde aquí sólo la música se percibe; las palabras se pierden. ¿No la sabéis? Es una canción al silencio de la noche, y se llama *El reino de las almas*. ¿No la sabéis?

LEANDRO Decidla.

SILVIA La noche amorosa, sobre los amantes
tiende de su cielo el dosel nupcial.
La noche ha prendido sus claros diaman-
en el terciopelo de un cielo estival.   [tes
El jardín en sombras no tiene colores,
y es en el misterio de su oscuridad
susurro el follaje, aroma las flores,
y amor... un deseo dulce de llorar.
La voz que suspira, y la voz que canta
y la voz que dice palabras de amor,
impiedad parece en la noche santa,
como una blasfemia entre una oración.
¡Alma del silencio, que yo reverencio,
tiene tu silencio la inefable voz
de los que murieron amando en silencio,
de los que callaron muriendo de amor,
de los que en la vida, por amarnos mucho,
tal vez no supieron su amor expresar!
¿No es la voz acaso que en la noche escucho
y cuando amor dice, dice eternidad?
¡Madre de mi alma! ¿No es luz de tus ojos
      la luz de esa estrella
que como una lágrima de amor infinito
      en la noche tiembla?
¡Dile a la que hoy amo que yo no amé nun-
      más que a ti en la tierra.   [ca
y desde que has muerto sólo me ha besado
      la luz de esa estrella!

LEANDRO ¡Madre de mi alma! Yo no he amado nun-
      más que a ti en la tierra,   [ca

y desde que has muerto sólo me ha besado
　　　la luz de esa estrella[26].
(Quedan en silencio, abrazados y mirándose.)

CRISPÍN　*(Que aparece por la segunda izquierda. Aparte.)*
¡Noche, poesía, locuras de amante!...
¡Todo ha de serviros en esta ocasión!
¡El triunfo es seguro! ¡Valor y adelante!
¿Quién podrá vencernos si es nuestro el
　　　　　　　　　　　　　　　　[amor?
(SILVIA y LEANDRO, abrazados, se dirigen muy despacio a la primera derecha. CRISPÍN los sigue sin ser visto por ellos. El telón va bajando muy despacio.)

TELÓN

---

[26] Obsérvese el carácter modernista, delicuescente y sentimental de esta «canción», comparable, en su función, a un aria de ópera o de zarzuela; como procedimiento para rematar el acto es eficaz, pero ilegítimo desde postulados dramáticos de cierta exigencia: el autor se evade con un recurso lírico de escasa calidad, en un momento especialmente difícil para todo dramaturgo.

ACTO SEGUNDO

CUADRO TERCERO

Sala en casa de LEANDRO

ESCENA I

CRISPÍN, *el* CAPITÁN, ARLEQUÍN. *Salen por la segunda derecha, o sea por el pasillo*

CRISPÍN   Entrad, caballeros, y sentaos con toda comodidad. Diré que os sirvan algo... ¡Hola! ¡Eh! ¡Hola!

CAPITÁN   De ningún modo. No aceptamos nada.

ARLEQUÍN   Sólo venimos a ofrecernos a tu señor, después de lo que hemos sabido.

CAPITÁN   ¡Increíble traición, que no quedará sin castigar! ¡Yo te aseguro que si el señor Polichinela se pone al alcance de mi mano...!

ARLEQUÍN   ¡Ventaja de los poetas! Yo siempre le tendré al alcance de mis versos... ¡Oh, la tremenda sátira que pienso dedicarle...! ¡Viejo dañino, viejo malvado!

CAPITÁN   ¿Y dices que tu amo no fue siquiera herido?

CRISPÍN   Pero pudo ser muerto. ¡Figuraos! Una docena de espadachines asaltándole de improviso![27]. Gracias a su valor, a su destreza, a mis voces...

ARLEQUÍN ¿Y ello sucedió anoche, cuando tu señor hablaba con Silvia por la tapia de su jardín?

CRISPÍN Ya mi señor había tenido aviso...; pero ya le conocéis: no es hombre para intimidarse por nada.

CAPITÁN Pero debió advertirnos...

ARLEQUÍN Debió advertir al señor capitán. Él le hubiera acompañado gustoso.

CRISPÍN Ya conocéis a mi señor. Él solo se basta.

CAPITÁN ¿Y dices que por fin conseguiste atrapar por el cuello a uno de los malandrines, que confesó que todo estaba preparado por el señor Polichinela para deshacerse de tu amo...?

CRISPÍN ¿Y quién sino él podía tener interés en ello? Su hija ama a mi señor; él trata de casarla a su gusto; mi señor estorba sus planes, y el señor Polichinela supo toda su vida cómo suprimir estorbos. ¿No enviudó dos veces en poco tiempo? ¿No heredó en menos[28] a todos sus parientes, viejos y jóvenes? Todos lo saben, nadie dirá que le calumnio... ¡Ah! La riqueza del señor Polichinela es un insulto a la humanidad y a la justicia. Sólo entre gente sin honor puede triunfar impune un hombre como el señor Polichinela.

ARLEQUÍN Dices bien. Y yo en mi sátira he de decir

---

[27] Este detalle argumental procede de *El caballero de Illescas*, si bien en la comedia de Lope no es treta fingida, sino atentado real contra Juan Tomás, que vence —como Leandro— a sus atacantes. Cfr. D. Alonso, *art. cit.*, pág. 8.

[28] *menos* alude anafóricamente a *tiempo*.

todo eso... Claro que sin nombrarle, porque la poesía no debe permitirse tanta licencia.

CRISPÍN ¡Bastante le importará a él de vuestra sátira!

CAPITÁN Dejadme, dejadme a mí, que como él se ponga al alcance de mi mano... Pero bien sé que él no vendrá a buscarme.

CRISPÍN Ni mi señor consentiría que se ofendiera al señor Polichinela. A pesar de todo, es el padre de Silvia. Lo que importa es que todos sepan en la ciudad cómo mi señor estuvo a punto de ser asesinado, cómo no puede consentirse que ese viejo zorro contraríe la voluntad y el corazón de su hija.

ARLEQUÍN No puede consentirse; el amor está sobre todo.

CRISPÍN Y si mi amo fuera algún ruin sujeto... Pero, decidme: ¿no es el señor Polichinela el que debía enorgullecerse de que mi señor se haya dignado enamorarse de su hija y aceptarle por suegro? ¡Mi señor, que a tantas doncellas de linaje excelso ha despreciado, y por quien más de cuatro princesas hicieron cuatro mil locuras...! Pero ¿quién llega? *(Mirando hacia la segunda derecha.)* ¡Ah, Colombina! ¡Adelante, graciosa Colombina, no hayas temor! *(Sale* COLOMBINA.*)* Todos somos amigos, y nuestra mutua amistad te defiende de nuestra unánime admiración.

ESCENA II

DICHOS *y* COLOMBINA, *que sale por la segunda derecha, o sea el pasillo*

COLOMBINA Doña Sirena me envía a saber de tu señor. Apenas rayaba el día, vino Silvia a nuestra casa, y refirió a mi señora todo lo sucedido. Dice que no volverá a casa de su padre, ni saldrá de casa de mi señora más que para ser la esposa del señor Leandro.

CRISPÍN ¿Eso dice? ¡Oh noble joven! ¡Oh corazón amante!

ARLEQUÍN ¡Qué epitalamio pienso componer a sus bodas!

COLOMBINA Silvia cree que Leandro está malherido... Desde su balcón oyó ruido de espadas, tus voces en demanda de auxilio. Después cayó sin sentido, y así la hallaron al amanecer. Decidme lo que sea del señor Leandro, pues muere de angustia hasta saberlo, y mi señora también quedó en cuidado.

CRISPÍN Dile que mi señor pudo salvarse, porque amor le aguardaba; dile que sólo de amor muere con incurable herida... Dile... *(Viendo subir a* LEANDRO.*)* ¡Ah! Pero aquí llega él mismo, que te dirá cuanto yo pudiera decirte.

ESCENA III

DICHOS *y* LEANDRO, *que sale por la primera derecha*

CAPITÁN *(Abrazándole.)* ¡Amigo mío!

ARLEQUÍN *(Abrazándole.)* ¡Amigo y señor!

COLOMBINA ¡Ah señor Leandro! ¡Que estáis salvo! ¡Qué alegría!

LEANDRO ¿Cómo supisteis?

COLOMBINA En toda la ciudad no se habla de otra cosa; por las calles se reúne la gente en corrillos, y todos murmuran y claman contra el señor Polichinela.

LEANDRO ¿Qué decís?

CAPITÁN ¡Y si algo volviera a intentar contra vos...!

ARLEQUÍN ¡Y si aún quisiera oponerse a vuestros amores...!

COLOMBINA Todo sería inútil. Silvia está en casa de mi señora, y sólo saldrá de allí para ser vuestra esposa...

LEANDRO ¿Silvia en vuestra casa? Y su padre...

COLOMBINA El señor Polichinela hará muy bien en ocultarse.

CAPITÁN ¡Creyó que a tanto podría atreverse con su riqueza insolente!

ARLEQUÍN Pudo atreverse a todo, pero no al amor...

COLOMBINA ¡Pretender asesinaros villanamente!

CRISPÍN ¡Doce espadachines, doce..., yo los conté!

LEANDRO Yo sólo pude distinguir a tres o cuatro.

CRISPÍN Mi señor concluirá por deciros que no fue tanto el riesgo, por no hacer mérito de su serenidad y de su valor... ¡Pero yo los vi! Doce eran, doce, armados hasta los dientes, decididos a todo. ¡Imposible me parece que escapara con vida!

COLOMBINA Corro a tranquilizar a Silvia y a mi señora.

CRISPÍN Escucha, Colombina. A Silvia, ¿no fuera mejor no tranquilizarla...?

COLOMBINA Déjalo a cargo de mi señora. Silvia cree a estas horas que tu señor está moribundo, y aunque doña Sirena finge contenerla..., no tardará en venir aquí sin reparar en nada.

CRISPÍN Mucho fuera que tu señora no hubiera pensado en todo.

CAPITÁN Vamos también, pues ya en nada podemos aquí serviros. Lo que ahora conviene es sostener la indignación de las gentes contra el señor Polichinela.

ARLEQUÍN Apedrearemos su casa... Levantaremos a toda la ciudad en contra suya... Sepa que si hasta ahora nadie se atrevió contra él, hoy todos juntos nos atreveremos; sepa que hay un espíritu y una conciencia en la multitud.

COLOMBINA Él mismo tendrá que venir a rogaros que toméis a su hija por esposa.

CRISPÍN Sí, sí; corred, amigos. Ved que la vida de mi señor no está segura... El que una vez quiso asesinarle, no se detendrá por nada.

CAPITÁN No temáis... ¡Amigo mío!

ARLEQUÍN ¡Amigo y señor!

COLOMBINA ¡Señor Leandro!

LEANDRO Gracias a todos, amigos míos, amigos leales. *(Se van todos, menos* LEANDRO *y* CRISPÍN, *por la segunda derecha.)*

ESCENA IV

LEANDRO *y* CRISPÍN

LEANDRO ¿Qué es esto, Crispín? ¿Qué pretendes? ¿Hasta dónde has de llevarme con tus enredos? ¿Piensas que lo creí? Tú pagaste a los espadachines; todo fue invención tuya. ¡Mal hubiera podido valerme con-

CRISPÍN   tra todos si ellos no vinieran de burla!

CRISPÍN ¿Y serás capaz de reñirme, cuando así anticipo el logro de tus esperanzas?

LEANDRO No, Crispín, no. ¡Bien sabes que no! Amo a Silvia y no lograré su amor con engaños, suceda lo que suceda.

CRISPÍN Bien sabes lo que ha de sucederte... ¡Si amar es resignarse a perder lo que se ama por sutilezas de conciencia..., que Silvia misma no ha de agradecerte...!

LEANDRO ¿Qué dices? ¡Si ella supiera quién soy!

CRISPÍN Y cuando lo sepa, ya no serás el que fuiste: serás su esposo, su enamorado esposo, todo lo enamorado y lo fiel y lo noble que tú quieras y ella pueda desear... Una vez dueño de su amor..., y de su dote, ¿no serás el más perfecto caballero? Tú no eres como el señor Polichinela, que, con todo su dinero, que tantos lujos le permite, aún no se ha permitido el lujo de ser honrado... En él es naturaleza la truhanería; pero en ti, en ti fue sólo necesidad... Y aun si no me hubieras tenido a tu lado, ya te hubieras dejado morir de hambre de puro escrupuloso. ¡Ah! ¿Crees que, si yo hubiera hallado en ti otro hombre, me hubiera contentado con dedicarte a enamorar...? No; te hubiera dedicado a la política, y no al dinero del señor Polichinela; el mundo hubiera sido nuestro... Pero no eres ambicioso, te contentas con ser feliz...

LEANDRO Pero ¿no viste que mal podía serlo? Si hubiera mentido para ser amado y ser rico de este modo, hubiera sido porque yo no amaba, y mal podía ser feliz. Y si amo, ¿cómo puedo mentir?

CRISPÍN   Pues no mientas. Ama, ama con todo tu corazón, inmensamente. Pero defiende tu amor sobre todo. En amor, no es mentir callar lo que puede hacernos perder la estimación del ser amado.

LEANDRO   Esas sí que son sutilezas, Crispín.

CRISPÍN   Que tú debiste hallar antes si tu amor fuera como dices. Amor es todo sutileza, y la mayor de todas no es engañar a los demás, sino engañarse a sí mismo.

LEANDRO   Yo no puedo engañarme, Crispín. No soy de esos hombres que cuando venden su conciencia se creen en el caso de vender también su entendimiento.

CRISPÍN   Por eso dije que no servías para la política. Y bien dices. Que el entendimiento es la conciencia de la verdad, y el que llega a perderla entre las mentiras de su vida, es como si se perdiera a sí propio, porque ya nunca volverá a encontrarse ni a conocerse, y él mismo vendrá a ser otra mentira.

LEANDRO   ¿Dónde aprendiste tanto, Crispín?

CRISPÍN   Medité algún tiempo en galeras, donde esta conciencia de mi entendimiento me acusó más de torpe que de pícaro. Con más picardía y menos torpeza, en vez de remar en ellas pude haber llegado a mandarlas. Por eso juré no volver en mi vida. Piensa de qué no seré capaz ahora que, por tu causa, me veo a punto de quebrantar mi juramento.

LEANDRO   ¿Qué dices?

CRISPÍN   Que nuestra situación es ya insostenible, que hemos apurado nuestro crédito, las gentes ya empiezan a pedir algo efectivo. El hostelero, que nos albergó con toda esplendidez por muchos días, esperando que recibieras tus libranzas. El señor Pantalón[29], que, fiado en el crédito del hostelero, nos proporcionó cuanto fue preciso para instalarnos con suntuosidad en esta casa... Mercaderes de todo género, que no dudaron en proveernos de todo, deslumbrados por tanta grandeza. Doña Sirena misma, que tan buenos oficios nos ha prestado en tus amores... Todos han esperado lo razonable, y sería injusto pretender más de ellos, ni quejarse de tan amable gente... ¡Con letras de oro quedará grabado en mi corazón el nombre de esta insigne ciudad, que desde ahora declaro por mi madre adoptiva! A más de éstos..., ¿olvidas que de otras partes habrán salido y andarán en busca nuestra? ¿Piensas que las hazañas de Mantua y de Florencia son para olvidarlas? ¿Recuerdas el famoso proceso de Bolonia?... ¡Tres mil doscientos folios sumaba cuando nos ausentamos alarmados de verle crecer tan sin tino! ¿Qué no habrá aumentado, bajo la pluma de aquel gran doctor jurista que le había tomado por su cuenta? ¡Qué de considerandos y de resultandos, de que no resultará cosa buena! ¿Y aún dudas? ¿Y aún me reprendes porque di la batalla que puede decidir en un día de nuestra suerte?

LEANDRO ¡Huyamos!

CRISPÍN ¡No! ¡Basta de huir a la desesperada! Hoy ha de fijarse nuestra fortuna... Te di el amor, dame tú la vida.

---

[29] *Pantalón.* Personaje procedente también de la «commedia dell'arte», que encarna el tipo del comerciante avaro.

LEANDRO Pero ¿cómo salvarnos? ¿Qué puedo yo hacer? Dime.

CRISPÍN Nada ya. Basta con aceptar lo que los demás han de ofrecernos. Piensa que hemos creado muchos intereses, y es interés de todos el salvarnos.

ESCENA V

DICHOS y DOÑA SIRENA, *que sale por la segunda derecha, o sea el pasillo*

SIRENA ¿Dais licencia, señor Leandro?

LEANDRO ¡Doña Sirena! ¿Vos en mi casa?

SIRENA Ya veis a lo que me expongo. A tantas lenguas maldicientes. ¡Yo en casa de un 'caballero, joven, apuesto...!

CRISPÍN Mi señor sabría hacer callar a los maldicientes si alguno se atreviera a poner sospechas en vuestra fama.

SIRENA ¿Tu señor? No me fío. ¡Los hombres son tan jactanciosos! Pero en nada reparo por serviros. ¿Qué me decís, señor, que anoche quisieron daros muerte? No se habla de otra cosa... ¡Y Silvia! ¡Pobre niña! ¡Cuánto os ama! ¡Quisiera saber qué hicisteis para enamorarla de ese modo!

CRISPÍN Mi señor sabe que todo lo debe a vuestra amistad.

SIRENA No diré yo que no me deba mucho... que siempre hablé de él como yo no debía, sin conocerle lo bastante... A mucho me atreví por amor vuestro. Si ahora faltáis a vuestras promesas...

CRISPÍN ¿Dudáis de mi señor? ¿No tenéis cédula firmada de su mano?...

SIRENA ¡Buena mano y buen hombre! ¿Pensáis que todos no nos conocemos? Yo sé confiar y sé que el señor Leandro cumplirá como debe. Pero si vierais que hoy es un día aciago para mí, y por lograr hoy una mitad de lo que se me ha ofrecido, perdería gustosa la otra mitad...

CRISPÍN ¿Hoy decís?

SIRENA ¡Día de tribulaciones! Para que nada falte, veinte años hace hoy que perdí a mi segundo marido, que fue el primero, el único amor de mi vida.

CRISPÍN Dicho sea en elogio del primero.

SIRENA El primero me fue impuesto por mi padre. Yo no le amaba, y, a pesar de ello, supe serle fiel.

CRISPÍN ¿Qué no sabréis vos, doña Sirena?

SIRENA Pero dejemos los recuerdos, que todo lo entristecen. Hablemos de esperanzas. ¿Sabéis que Silvia quiso venir conmigo?

LEANDRO ¿Aquí, a esta casa?

SIRENA ¿Qué os parece? ¿Qué diría el señor Polichinela? ¡Con toda la ciudad soliviantada contra él, fuerza le sería casaros!

LEANDRO No, no; impedidla[30] que venga.

CRISPÍN ¡Chis! Comprenderéis que mi señor no dice lo que siente.

SIRENA Lo comprendo... ¿Qué no daría él por ver a Silvia a su lado, para no separarse nunca de ella?

CRISPÍN ¿Qué daría? ¡No lo sabéis!

SIRENA Por eso lo pregunto.

CRISPÍN ¡Ah doña Sirena!... Si mi señor es hoy esposo de Silvia, hoy mismo cumplirá lo que os prometió.

---

[30] *impedidla*, caso de laísmo incorrecto.

SIRENA ¿Y si no lo fuera?

CRISPÍN Entonces…, lo habréis perdido todo. Ved lo que os conviene.

LEANDRO ¡Calla, Crispín! ¡Basta! No puedo consentir que mi amor se trate como mercancía. Salid, doña Sirena, decid a Silvia que vuelva a casa de su padre, que no venga aquí en modo alguno, que me olvide para siempre, que yo he de huir donde no vuelva a saber de mi nombre… ¡Mi nombre! ¿Tengo yo nombre acaso?

CRISPÍN ¿No callarás?

SIRENA ¿Qué le dio? ¡Qué locura es esta! ¡Volved en vos! ¡Renunciar de ese modo a tan gran ventura…! Y no se trata sólo de vos. Pensad que hay quien todo lo fió en vuestra suerte, y no puede burlarse así de una dama de calidad que a tanto se expuso por serviros. Vos no haréis tal locura; vos os casaréis con Silvia, o habrá quien sepa pediros cuenta de vuestros engaños, que no estoy tan sola en el mundo como pudisteis creer, señor Leandro.

CRISPÍN Doña Sirena dice muy bien. Pero creed que mi señor sólo habla así ofendido por vuestra desconfianza.

SIRENA No es desconfianza en él… Es, todo he de decirlo…, es que el señor Polichinela no es hombre de dejarse burlar…, y ante el clamor que habéis levantado contra él con vuestra estratagema de anoche…

CRISPÍN ¿Estratagema decís?

SIRENA ¡Bah! Todos nos conocemos. Sabed que uno de los espadachines es pariente mío, y los otros me son también muy allegados… Pues bien: el señor Polichinela no se ha descuidado, y ya se murmura por la ciudad que ha dado aviso a la justicia de quién sois y cómo puede perderos; dícese también que hoy llegó de Bolonia un proceso...

CRISPÍN ¡Y un endiablado doctor con él! Tres mil novecientos folios...

SIRENA Todo eso se dice, se asegura. Ved si importa no perder tiempo.

CRISPÍN ¿Y quién lo malgasta y lo pierde sino vos? Volved a vuestra casa... Decid a Silvia...

SIRENA Silvia está aquí. Vino junto con Colombina, como otra doncella de mi acompañamiento. En vuestra antecámara espera. Le dije que estabais muy malherido...

LEANDRO ¡Oh Silvia mía!

SIRENA Sólo pensó en que podíais morir...; nada pensó en lo que arriesgaba con venir a veros. ¿Soy vuestra amiga?

CRISPÍN Sois adorable. Pronto. Acostaos aquí, haceos el doliente y el desmayado. Ved que, si es preciso, yo sabré hacer que lo estéis de veras. *(Amenazándole y haciéndole sentar en un sillón.)*

LEANDRO Sí, soy vuestro, lo sé, lo veo... Pero Silvia no lo será. Sí, quiero verla; decidle que llegue, que he de salvarla a pesar vuestro, a pesar de todos, a pesar de ella misma.

CRISPÍN Comprenderéis que mi señor no siente lo que dice.

SIRENA No lo creo tan necio ni tan loco. Ven conmigo. *(Se va con* CRISPÍN *por la segunda derecha, o sea el pasillo.)*

LEANDRO y SILVIA, *que sale por la segunda derecha*

LEANDRO   ¡Silvia! ¡Silvia mía!

SILVIA   ¿No estás herido?

LEANDRO   No; ya lo ves... Fue un engaño, un engaño más para traerte aquí. Pero no temas; pronto vendrá tu padre; pronto saldrás con él sin que nada tengas tú que reprocharme... ¡Oh! Sólo el haber empañado la serenidad de tu alma con una ilusión de amor, que para ti sólo será el recuerdo de un mal sueño.

SILVIA   ¿Qué dices, Leandro? ¿Tú amor no era verdad?

LEANDRO   ¡Mi amor, sí...; por eso no he de engañarte! Sal de aquí pronto, antes de que nadie, fuera de los que aquí te trajeron, pueda saber que viniste.

SILVIA   ¿Qué temes? ¿No estoy segura en tu casa? Yo no dudé en venir a ella... ¿Qué peligros pueden amenazarme a tu lado?

LEANDRO   Ninguno; dices bien. Mi amor te defiende de tu misma inocencia.

SILVIA   No he de volver a casa de mi padre después de su acción horrible[31].

LEANDRO   No, Silvia, no culpes a tu padre. No fue él; fue otro engaño más, otra mentira... Huye de mí, olvida a este miserable aventurero sin nombre, perseguido por la justicia.

SILVIA   ¡No, no es cierto! Es que la conducta de mi padre me hizo indigna de vuestro

---

[31] En *El caballero de Illescas*, Octavia también abandona el hogar paterno para irse con su galán (marcha con él a España). Cfr. D. Alonso, *art. cit.*, pág. 4.

cariño. Eso es. Lo comprendo... ¡Pobre de mí!

LEANDRO ¡Silvia! ¡Silvia! ¡Qué crueles tus dulces palabras! ¡Qué cruel esa doble confianza de tu corazón, ignorante del mal y de la vida!

ESCENA VII

DICHOS y CRISPÍN, *que sale corriendo por la segunda derecha*

CRISPÍN ¡Señor! ¡Señor! El señor Polichinela llega.

SILVIA ¡Mi padre!

LEANDRO ¡Nada importa! Yo os entregaré a él por mi mano.

CRISPÍN Ved que no viene solo, sino con mucha gente y justicia con él.

LEANDRO ¡Ah! ¡Si te hallan aquí! ¡En mi poder! Sin duda tú les diste aviso... Pero no lograréis vuestro propósito.

CRISPÍN ¿Yo? No por cierto... Que esto va de veras, y ya temo que nadie pueda salvarnos.

LEANDRO ¡A nosotros no; ni he de intentarlo...! Pero a ella sí. Conviene ocultarte; queda aquí.

SILVIA ¿Y tú?

LEANDRO Nada temas. ¡Pronto, que llegan! *(Esconde a* SILVIA *en la habitación del foro, diciéndole a* CRISPÍN*):* Tú verás lo que trae a ese gente. Sólo cuida de que nadie entre ahí hasta mi regreso... No hay otra huida. *(Se dirige a la ventana.)*

CRISPÍN *(Deteniéndole.)* ¡Señor! ¡Tente! ¡No te mates así!

LEANDRO No pretendo matarme ni pretendo escapar; pretendo salvarla. *(Trepa hacia arriba por la escalera y desaparece.)*

CRISPÍN ¡Señor, señor! ¡Menos mal! Creí que intentaba arrojarse al suelo, pero trepó hacia arriba... Esperemos todavía... Aún quiere volar... Es su región, las alturas. Yo, a la mía: la tierra... Ahora más que nunca conviene afirmarse en ella. *(Se sienta en un sillón con mucha calma.)*

ESCENA VIII

CRISPÍN, *el* SEÑOR POLICHINELA, *el* HOSTELERO, *el* SEÑOR PANTALÓN, *el* CAPITÁN, ARLEQUÍN, *el* DOCTOR, *el secretario y dos alguaciles con enormes protocolos de curia. Todos salen por la segunda derecha, o sea por el pasillo*

POLICHINELA *(Dentro, a gente que se supone fuera.)* ¡Guardad bien las puertas, que nadie salga, hombre ni mujer, ni perro ni gato!

HOSTELERO ¿Dónde están, dónde están esos bandoleros, esos asesinos?

PANTALÓN ¡Justicia! ¡Justicia! ¡Mi dinero! ¡Mi dinero! *(Van saliendo todos por el orden que se indica. El* DOCTOR *y el secretario se dirigen a la mesa y se disponen a escribir. Los dos alguaciles, de pie, teniendo en las manos enormes protocolos del proceso.)*

CAPITÁN Pero, ¿es posible lo que vemos, Crispín?

ARLEQUÍN ¿Es posible lo que sucede?

PANTALÓN ¡Justicia! ¡Justicia! ¡Mi dinero! ¡Mi dinero!

HOSTELERO ¡Que los prendan..., que se aseguren de ellos!

PANTALÓN ¡No escaparán..., no escaparán!

CRISPÍN Pero, qué es esto? ¿Cómo se atropella así la mansión de un noble caballero? Agradezcan la ausencia de mi señor.

PANTALÓN ¡Calla, calla, que tú eres su cómplice y has de pagar con él!

HOSTELERO ¿Cómo cómplice? Tan delincuente como su pretendido señor..., que él fue quien me engañó.

CAPITÁN ¿Qué significa esto, Crispín?

ARLEQUÍN ¿Tiene razón esta gente?

POLICHINELA ¿Qué dices ahora, Crispín? ¿Pensaste que habían de valerte tus enredos conmigo? ¿Conque yo pretendí asesinar a tu señor? ¿Conque yo soy un viejo avaro que sacrifica a su hija? ¿Conque toda la ciudad se levanta contra mí llenándome de insultos? Ahora veremos.

PANTALÓN Dejadle, señor Polichinela, que este es asunto nuestro, que al fin vos no habéis perdido nada. Pero yo..., ¡todo mi caudal, que lo presté sin garantía! ¡Perdido me veré para toda la vida! ¿Qué será de mí?

HOSTELERO ¿Y yo, decidme, que gasté lo que no tenía y aun hube de empeñarme por servirle como creí correspondía a su calidad? ¡Esto es mi destrucción, mi ruina!

CAPITÁN ¡Y nosotros también fuimos ruinmente engañados! ¿Qué se dirá de mí, que puse mi espada y mi valor al servicio de un aventurero?

ARLEQUÍN ¿Y de mí, que le dediqué soneto tras soneto como al más noble señor?

POLICHINELA ¡Ja, ja, ja!

HOSTELERO ¡Como nada os robaron...!

PANTALÓN ¡Pronto, pronto! ¿Dónde está el otro pícaro?

HOSTELERO Registradlo todo hasta dar con él.

CRISPÍN Poco a poco. Si dais un solo paso...
(*Amenazando con la espada.*)

PANTALÓN ¿Amenazas todavía? ¿Y esto ha de sufrirse? ¡Justicia, justicia!

HOSTELERO ¡Eso es, justicia!

DOCTOR Señores... Si no me atendéis, nada conseguiremos. Nadie puede tomarse la justicia por su mano, que la justicia no es atropello ni venganza y *summum jus, summa injuria*. La justicia es todo sabiduría, y la sabiduría es todo orden, y el orden es todo razón, y la razón es todo procedimiento, y el procedimiento es todo lógica. *Barbara*, *Celare*, *Darii*, *Ferioque*, *Baralipton*[32], depositad en mí vuestros agravios y querellas, que todo ha de unirse a este proceso que conmigo traigo.

CRISPÍN ¡Horror! ¡Aún ha crecido!

DOCTOR Constan aquí otros muchos delitos de estos hombres, y a ellos han de sumarse estos de que ahora les acusáis. Y yo seré parte en todos ellos; sólo así obtendréis la debida satisfacción y justicia. Escribid, señor secretario, y vayan deponiendo los querellantes.

PANTALÓN Dejadnos de embrollos, que bien conocemos vuestra justicia.

HOSTELERO No se escriba nada, que todo será poner lo blanco negro. Y quedaremos nosotros sin nuestro dinero y ellos sin castigar.

PANTALÓN Eso, eso... ¡Mi dinero, mi dinero! ¡Y después justicia!

DOCTOR ¡Gente indocta, gente ignorante, gente

---

[32] *Barbara... Baralipton:* son nombres de las llamadas, en lógica, figuras del silogismo.

incivil! ¿Qué idea tenéis de la justicia?
No basta que os digáis perjudicados,
si no pareciese bien claramente que hubo
intención de causaros perjuicio, esto es,
fraude o dolo, que no es lo mismo...
aunque la vulgar acepción los confunda.
Pero sabed..., que en el un caso...

PANTALÓN ¡Basta! ¡Basta! Que acabaréis por decir
que fuimos los culpables.

DOCTOR ¡Y como pudiera ser si os obstináis en
negar la verdad de los hechos...!

HOSTELERO ¡Ésta es buena! Que fuimos robados.
¿Qué más verdad ni mas claro delito?

DOCTOR Sabed que robo no es lo mismo que
hurto; y mucho menos que fraude o
dolo, como dije primero. Desde las
Doce Tablas[33] hasta Justiniano, Triboniano, Emiliano y Triberiano...[34].

PANTALÓN Todo fue quedarnos sin nuestro dinero...
Y de ahí no habrá quien nos saque.

POLICHINELA El señor doctor habla muy en razón.
Confiad en él, y que todo conste en
proceso.

DOCTOR Escribid, escribid luego, señor secretario.

CRISPÍN ¿Quieren oírme?

PANTALÓN ¡No, no! Calle el pícaro..., calle el desvergonzado.

HOSTELERO Ya hablaréis donde os pesará.

DOCTOR Ya hablará cuando le corresponda, que
a todos ha de oírse en justicia... Escribid,
escribid. En la ciudad de... a tantos...
No sería malo proceder primeramente
al inventario de cuanto hay en la casa.

---

[33] *Doce Tablas*, ley así llamada, por estar esculpida en doce
tablas de bronce, que fue la primera legislación escrita del pueblo
romano (siglo v a. de J. C.).
[34] *Justiniano... Triberiano*, nombres de famosos juristas antiguos.

CRISPÍN No dará tregua a la pluma...

DOCTOR Y proceder al depósito de fianza por parte de los querellantes, porque no pueda haber sospecha en su buena fe. Bastará con dos mil escudos de presente y caución[35] de todos sus bienes.

PANTALÓN ¿Qué decís? ¡Nosotros dos mil escudos!

DOCTOR Ocho debieran ser; pero basta que seáis personas de algún crédito para que todo se tenga en cuenta, que nunca fui desconsiderado...

HOSTELERO ¡Alto, y no se escriba más, que no hemos de pasar por eso!

DOCTOR ¿Cómo? ¿Así se atropella a la justicia? Ábrase proceso separado por violencia y mano airada contra un ministro de justicia en funciones de su ministerio.

PANTALÓN ¡Este hombre ha de perdernos!

HOSTELERO ¡Está loco!

DOCTOR ¿Hombre y loco, decís? Hablen con respeto. Escribid, escribid que hubo también ofensas de palabra...

CRISPÍN Bien os está por no escucharme.

PANTALÓN Habla, habla, que todo será mejor, según vemos.

CRISPÍN Pues atajen a ese hombre, que levantará monte con sus papelotes.

PANTALÓN ¡Basta, basta ya, decimos!

HOSTELERO Deje la pluma...

DOCTOR Nadie sea osado a poner mano en nada.

CRISPÍN Señor capitán, sírvanos vuestra espada, que es también atributo de justicia.

CAPITÁN *(Va a la mesa y da un fuerte golpe con la espada en los papeles que está escribiendo el* DOCTOR.*)* Háganos la merced de no escribir más.

---

[35] *caución,* 'fianza'.

DOCTOR   Ved lo que es pedir las cosas en razón. Suspended las actuaciones, que hay cuestión previa a dilucidar... Hablen las partes entre sí... Bueno fuera, no obstante, proceder en el ínterin al inventario...

PANTALÓN   ¡No, no!

DOCTOR   Es formalidad que no puede evitarse.

CRISPÍN   Ya escribiréis cuando sea preciso. Dejadme ahora hablar aparte con estos honrados señores.

DOCTOR   Si os conviene sacar testimonio de cuanto aquí les digáis...

CRISPÍN   Por ningún modo. No se escriba una letra, o no hablaré palabra.

CAPITÁN   Deje hablar al mozo.

CRISPÍN   ¿Y qué he de deciros? ¿De qué os quejáis? ¿De haber perdido vuestro dinero? ¿Qué pretendéis? ¿Recobrarlo?

PANTALÓN   ¡Eso, eso! ¡Mi dinero!

HOSTELERO   ¡Nuestro dinero!

CRISPÍN   Pues escuchadme aquí... ¿De dónde habéis de cobrarlo si así quitáis crédito a mi señor y así hacéis imposible su boda con la hija del señor Polichinela? ¡Voto a..., que siempre pedí tratar con pícaros mejor que con necios! Ved lo que hicisteis y cómo se compondrá ahora con la Justicia de por medio. ¿Qué lograréis ahora si dan con nosotros en galeras o en sitio peor? ¿Será buena moneda para cobraros las túrdigas[36] de nuestro pellejo? ¿Seréis más ricos, más nobles o más grandes cuando nosotros estemos perdidos? En cambio, si no nos hubierais estorbado a tan mal

---

[36] *túrdigas*, 'tiras de piel'.

	tiempo, hoy, hoy mismo tendríais vuestro dinero, con todos sus intereses..., que ellos solos bastarían a llevaros a la horca, si la justicia no estuviera en esas manos y en esas plumas... Ahora haced lo que os plazca, que ya os dije lo que os convenía...
DOCTOR	Quedaron suspensos...
CAPITÁN	Yo aún no puedo creer que ellos sean tales bellacos.
POLICHINELA	Este Crispín... capaz será de convencerlos.
PANTALÓN	*(Al* HOSTELERO.*)* ¿Qué decís a esto? Bien mirado...
HOSTELERO	¿Qué decís vos?
PANTALÓN	Dices que hoy mismo se hubiera casado tu amo con la hija del señor Polichinela. ¿Y si él no da su consentimiento...?
CRISPÍN	De nada ha de servirle. Que su hija huyó con mi señor... y lo sabrá todo el mundo... y a él más que a nadie importa que nadie sepa cómo su hija se perdió por un hombre sin condición, perseguido por la justicia.
PANTALÓN	Si así fuera... ¿Qué decís vos?
HOSTELERO	No nos ablandaremos. Ved que el bellaco es maestro en embustes.
PANTALÓN	Decís bien. No sé cómo pude creerlo. ¡Justicia! ¡Justicia!
CRISPÍN	¡Ved que lo perdéis todo!
PANTALÓN	Veamos todavía... Señor Polichinela, dos palabras.
POLICHINELA	¿Qué me queréis?
PANTALÓN	Suponed que nosotros no hubiéramos tenido razón para quejarnos. Suponed que el señor Leandro fuera, en efecto, el más noble caballero..., incapaz de una baja acción...

POLICHINELA ¿Qué decís?

PANTALÓN Suponed que vuestra hija le amara con locura, hasta el punto de haber huido con él de vuestra casa.

POLICHINELA ¿Que mi hija huyó de mi casa con ese hombre? ¿Quién lo dijo? ¿Quién fue el desvergonzado...?

PANTALÓN No os alteréis. Todo es suposición.

POLICHINELA Pues aun así no he de tolerarlo.

PANTALÓN Escuchad con paciencia. Suponed que todo eso hubiera sucedido. ¿No os sería forzoso casarla?

POLICHINELA ¿Casarla? ¡Antes la mataría! Pero es locura pensarlo. Y bien veo que eso quisierais para cobraros a costa mía, que sois otros tales bribones. Pero no será, no será...

PANTALÓN Ved lo que decís, y no se hable aquí de bribones cuando estáis presente.

HOSTELERO ¡Eso, eso!

POLICHINELA ¡Bribones, bribones, combinados para robarme! Pero no será, no será.

DOCTOR No hayáis cuidado, señor Polichinela, que aunque ellos renunciaren a perseguirle, ¿no es nada este proceso? ¿Creéis que puede borrarse nada de cuanto en él consta, que son cincuenta y dos delitos probados y otros tantos que no necesitan probarse...?

PANTALÓN ¿Qué decís ahora, Crispín?

CRISPÍN Que todos esos delitos, si fueran tantos, son como estos otros... Dinero perdido que nunca se pagará si nunca le tenemos.

DOCTOR ¡Eso no! Que yo he de cobrar lo que me corresponda de cualquier modo que sea.

CRISPÍN Pues será de los que se quejaron, que

nosotros harto haremos en pagar con nuestras personas.

DOCTOR   Los derechos de Justicia son sagrados, y lo primero será embargar para ellos cuanto hay en esta casa.

PANTALÓN   ¿Cómo es eso? Esto será para cobrarnos algo.

HOSTELERO   Claro es; y de otro modo...

DOCTOR   Escribid, escribid, que si hablan todos nunca entenderemos.

PANT. y HOST.   ¡No, no!

CRISPÍN   Oídme aquí, señor doctor. Y si se os pagara de una vez, y sin escribir tanto, vuestros..., ¿cómo los llamáis? ¿Estipendios?

DOCTOR   Derechos de Justicia.

CRISPÍN   Como queráis. ¿Qué os parece?

DOCTOR   En ese caso...

CRISPÍN   Pues ved que mi amo puede ser hoy rico, poderoso, si el señor Polichinela consiente en casarle con su hija. Pensad que la joven es hija única del señor Polichinela; pensad en que mi señor ha de ser dueño de todo; pensad...

DOCTOR   Puede, puede estudiarse.

PANTALÓN   ¿Qué os dijo?

HOSTELERO   ¿Qué resolvéis?

DOCTOR   Dejadme reflexionar. El mozo no es lerdo y se ve que no ignora los procedimientos legales. Porque si consideramos que la ofensa que recibisteis fue puramente pecuniaria y que todo delito que puede ser reparado en la misma forma lleva en la reparación el más justo castigo; si consideramos que así en la ley bárbara y primitiva del Talión se dijo: diente por diente, mas no diente por ojo ni ojo por diente... Bien puede decirse, en este caso, escudo por escudo. Porque, al fin, él no os quitó la vida para que podáis exigir la suya en pago. No os ofendió en vuestra persona, honor ni buena fama, para que podáis exigir otro tanto. La equidad es la suprema justicia. *Equitas justitia magna est.* Y desde las Pandectas[37] hasta Triboniano, con Emiliano, Triberiano...

PANTALÓN No digáis más. Si él nos pagara...

HOSTELERO Como él nos pagara...

POLICHINELA ¡Qué disparates son estos, y cómo ha de pagar, ni qué tratar ahora!

CRISPÍN Se trata de que todos estáis interesados en salvar a mi señor, en salvarnos por interés de todos. Vosotros, por no perder vuestro dinero; el señor doctor, por no perder toda esa suma de admirable doctrina que fuisteis depositando en esa balumba de sabiduría; el señor capitán, porque todos le vieron amigo de mi amo, y a su valor importa que no se murmure de su amistad con un aventurero; vos, señor Arlequín, porque vuestros ditirambos de poeta perderían todo su mérito al saber que tan mal los empleasteis; vos, señor Polichinela..., antiguo amigo mío, porque vuestra hija es ya ante el cielo y ante los hombres la esposa del señor Leandro.

POLICHINELA ¡Mientes, mientes! ¡Insolente, desvergonzado!

CRISPÍN Pues procédase al inventario de cuanto hay en la casa. Escribid, escribid, y sean todos estos señores testigos y empiécese

---

[37] *Pandectas*, recopilación del derecho civil romano, promovida por Justiniano (siglo VI).

por este aposento. *(Descorre el tapiz de la puerta del foro y aparecen formando grupo* SILVIA, LEANDRO, DOÑA SIRENA, COLOMBINA *y la* SEÑORA DE POLICHINELA.*)*

ESCENA IX

DICHOS, SILVIA, LEANDRO, DOÑA SIRENA, COLOMBINA *y la* SEÑORA DE POLICHINELA, *que aparecen por el foro*

PANTALÓN
y HOSTELERO ¡Silvia!

CAPITÁN
y ARLEQUÍN ¡Juntos! ¡Los dos!

POLICHINELA ¿Conque era cierto? ¡Todos contra mí! ¡Y mi mujer y mi hija con ellos! ¡Todos conjurados para robarme! ¡Prended a ese hombre, a esas mujeres, a ese impostor, o yo mismo...!

PANTALÓN ¿Estáis loco, señor Polichinela?

LEANDRO *(Bajando al proscenio en compañía de los demás.)* Vuestra hija vino aquí, creyéndome malherido, acompañada de doña Sirena, y yo mismo corrí al punto en busca de vuestra esposa para que también la acompañara. Silvia sabe quién soy, sabe toda mi vida de miserias, de engaños, de bajezas, y estoy seguro que de nuestro sueño de amor nada queda en su corazón... Llevadla de aquí, llevadla; yo os lo pido antes de entregarme a la justicia.

POLICHINELA El castigo de mi hija es cuenta mía; pero a ti... ¡Prendedle digo!

SILVIA ¡Padre! Si no le salváis, será mi muerte. Le amo, le amé siempre, ahora más que nunca[38]. Porque su corazón es noble y fue muy desdichado, y pudo hacerme suya con mentir, y no ha mentido.

POLICHINELA ¡Calla, calla, loca, desvergonzada! Estas son las enseñanzas de tu madre..., sus vanidades y fantasías. Estas son las lecturas romancescas, las músicas a la luz de la luna.

SEÑORA DE POLICHINELA Todo es preferible a que mi hija se case con un hombre como tú, para ser desdichada como su madre. ¿De qué me sirvió nunca la riqueza?

SIRENA Decís bien, señora Polichinela. ¿De qué sirven las riquezas sin amor?

COLOMBINA De lo mismo que el amor sin riquezas.

DOCTOR Señor Polichinela, nada os estará mejor que casarlos.

PANTALÓN Ved que esto ha de saberse en la ciudad.

HOSTELERO Ved que todo el mundo estará de su parte.

CAPITÁN Y no hemos de consentir que hagáis violencia a vuestra hija.

DOCTOR Y ha de constar en el proceso que fue hallada aquí, junto con él.

CRISPÍN Y en mi señor no hubo más falta que

---

[38] La reacción de Silvia es la misma que la de Octavia, en *El caballero de Illescas*, cuando Juan Tomás le confiesa su pasado bochornoso y sus engaños; dice la heroína lopeşca (cfr. D. Alonso, *art. cit.*, pág. 17):

> Quiero quererte, y mirando
> tu alevosía y mi ofensa,
> aborrezco tu maldad.
> ¡Qué afrentosa competencia!
> Déjame, fiero español,
> el más cruel. Mas no; espera.
> Ampárame, español mío,
> moriréme si me dejas.

carecer de dinero, pero a él nadie le aventajará en nobleza..., y vuestros nietos serán caballeros..., si no dan en salir al abuelo...

TODOS ¡Casadlos! ¡Casadlos![39]

PANTALÓN O todos caeremos sobre vos.

HOSTELERO Y saldrá a relucir vuestra historia...

ARLEQUÍN Y nada iréis ganando...

SIRENA Os lo pide una dama, conmovida por este amor tan fuera de estos tiempos.

COLOMBINA Que más parece de novela.

TODOS ¡Casadlos! ¡Casadlos!

POLICHINELA Cásense enhoramala. Pero mi hija quedará sin dote y desheredada... Y arruinaré toda mi hacienda antes que ese bergante...

DOCTOR Eso sí que no lo haréis, señor Polichinela.

PANTALÓN ¿Qué disparates son estos?

HOSTELERO ¡No lo penséis siquiera!

ARLEQUÍN ¿Qué se diría?

CAPITÁN No lo consentiremos.

SILVIA No, padre mío; soy yo la que nada acepto, soy yo la que ha de compartir su suerte. Así le amo.

LEANDRO Y sólo así puedo aceptar tu amor... *(Todos corren hacia* SILVIA *y* LEANDRO.*)*

DOCTOR ¿Qué dicen? ¿Están locos?

PANTALÓN ¡Eso no puede ser!

HOSTELERO ¡Lo aceptaréis todo!

ARLEQUÍN Seréis felices y seréis ricos.

SEÑORA DE POLICHINELA ¡Mi hija en la miseria! ¡Ese hombre es un verdugo!

---

[39] Es lo mismo que Leonelo aconseja al conde Antonio en *El caballero de Illescas,* cuando su furor paternal le demanda venganza: «Honra a tu hija y déjala casada.» Cfr. D. Alonso, *art. cit.*, pág. 18.

SIRENA Ved que el amor es niño delicado y resiste pocas privaciones.

DOCTOR ¡No ha de ser! Que el señor Polichinela firmará aquí mismo espléndida donación, como corresponde a una persona de su calidad y a un padre amantísimo. Escribid, escribid, señor secretario, que a esto no ha de oponerse nadie.

TODOS *(Menos* POLICHINELA.*)* ¡Escribid, escribid!

DOCTOR Y vosotros, jóvenes enamorados..., resignaos con las riquezas, que no conviene extremar escrúpulos que nadie agradece.

PANTALÓN *(A* CRISPÍN.*)* ¿Seremos pagados?

CRISPÍN ¿Quién lo duda? Pero habéis de proclamar que el señor Leandro nunca os engañó... Ved cómo se sacrifica por satisfaceros, aceptando esa riqueza que ha de repugnar sus sentimientos.

PANTALÓN Siempre le creímos un noble caballero.

HOSTELERO Siempre.

ARLEQUÍN Todos lo creímos.

CAPITÁN Y lo sostendremos siempre.

CRISPÍN Y ahora, doctor, ese proceso, ¿habrá tierra bastante en la tierra para echarle encima?

DOCTOR Mi previsión se anticipa a todo. Bastará con puntuar debidamente algún concepto... Ved aquí: donde dice... «Y resultando que si no declaró...», basta una coma, y dice: «Y resultando que sí, no declaró...» Y aquí: «Y resultando que no, debe condenársele...», fuera la coma, y dice: «Y resultando que no debe condenársele...»

CRISPÍN ¡Oh, admirable coma! ¡Maravillosa coma!

	¡Genio de la justicia! ¡Oráculo de la ley! ¡Monstruo de la jurisprudencia!
DOCTOR	Ahora confío en la grandeza de tu señor.
CRISPÍN	Descuidad. Nadie mejor que vos sabe cómo el dinero puede cambiar a un hombre.
SECRETARIO	Yo fui el que puso y quitó esas comas...
CRISPÍN	En espera de algo mejor... Tomad esta cadena. Es de oro.
SECRETARIO	¿De ley?
CRISPÍN	Vos lo sabréis, que entendéis de leyes.
POLICHINELA	Sólo impondré una condición: que este pícaro deje para siempre de estar a tu servicio.
CRISPÍN	No necesitáis pedirlo, señor Polichinela. ¡Pensáis que soy tan pobre de ambiciones como mi señor?
LEANDRO	¿Quieres dejarme, Crispín? No será sin tristeza de mi parte.
CRISPÍN	No la tengáis, que ya de nada puedo serviros y conmigo dejáis la piel del hombre viejo... ¿Qué os dije, señor? Que entre todos habían de salvarnos... Creedlo. Para salir adelante con todo, mejor que crear afectos es crear intereses...
LEANDRO	Te engañas, que sin el amor de Silvia nunca me hubiera salvado.
CRISPÍN	¿Y es poco interés ese amor? Yo di siempre su parte al ideal y conté con él siempre. Y ahora acabó la farsa.
SILVIA	*(Al público.)* Y en ella visteis, como en las farsas de la vida, que, a estos muñecos, como a los humanos, muéven-los cordelillos groseros, que son los intereses, las pasioncillas, los engaños y todas las miserias de su condición: tiran unos de sus pies y los llevan a tristes

andanzas; tiran otros de sus manos, que trabajan con pena, luchan con rabia, hurtan con astucia, matan con violencia. Pero, entre todos ellos, desciende a veces del cielo al corazón un hilo sutil, como tejido con luz de sol y con luz de luna: el hilo del amor, que a los humanos, como a esos muñecos que semejan humanos, les hace parecer divinos, y trae a nuestra frente resplandores de aurora, y pone alas en nuestro corazón, y nos dice que no todo es farsa en la farsa, que hay algo divino en nuestra vida que es verdad y es eterno, y no puede acabar cuando la farsa acaba. *(Telón.)*

FIN DE LA COMEDIA

Colección Letras Hispánicas

ÚLTIMOS TÍTULOS PUBLICADOS

La Tribuna, EMILIA PARDO BAZÁN.
  Edición de Benito Varela Jácome.
José, ARMANDO PALACIO VALDÉS.
  Edición de Jorge Campos.
Teatro sobre teatro, JOSÉ RUIBAL.
  Edición del autor.
La Comendadora y otros cuentos, PEDRO ANTONIO DE ALARCÓN.
  Edición de Laura de los Ríos.
Pequeñeces, P. LUIS COLOMA.
  Edición de Rubén Benítez.
Rimas GUSTAVO ADOLFO BÉCQUER.
  Edición de José Luis Cano.
Genio y figura, JUAN VALERA.
  Edición de Cyrus DeCoster.
Antología del grupo poético de 1927.
  Edición de Vicente Gaos actualizada por Carlos Sahagún.
Obras incompletas, GLORIA FUERTES.
  Edición de la autora.
De tal palo, tal astilla, JOSÉ MARÍA DE PEREDA.
  Edición de Joaquín Casalduero.
Don Álvaro o la fuerza del sino, DUQUE DE RIVAS.
  Edición de Alberto Sánchez.
Poema de mio Cid.
  Edición de Colin Smith.
Summa poética, NICOLÁS GUILLÉN.
  Edición de Luis Íñigo Madrigal.